D0733113

La ciudad feliz

La ciudad feliz

ELVIRA NAVARRO

XXV PREMIO JAÉN DE NOVELA

LITERATURA RANDOM HOUSE

Un jurado integrado por Javier Argüello, Rodrigo Fresán, Marcos Giralt, Andreu Jaume y Mónica Carmona otorgó a esta obra el Premio Jaén de Novela 2009, patrocinado por la Obra Social Caja Granada.

Primera edición en esta colección: septiembre de 2015

Printed in Spain – Impreso en España

ISBN: 978-84-397-2246-5
Depósito legal: B-37.181-2009

Compuesto en Fotocomp/4, S. A.
Impreso en BookPrint Digital, S. A.

GM 2 2 4 6 R

Penguin
Random House
Grupo Editorial

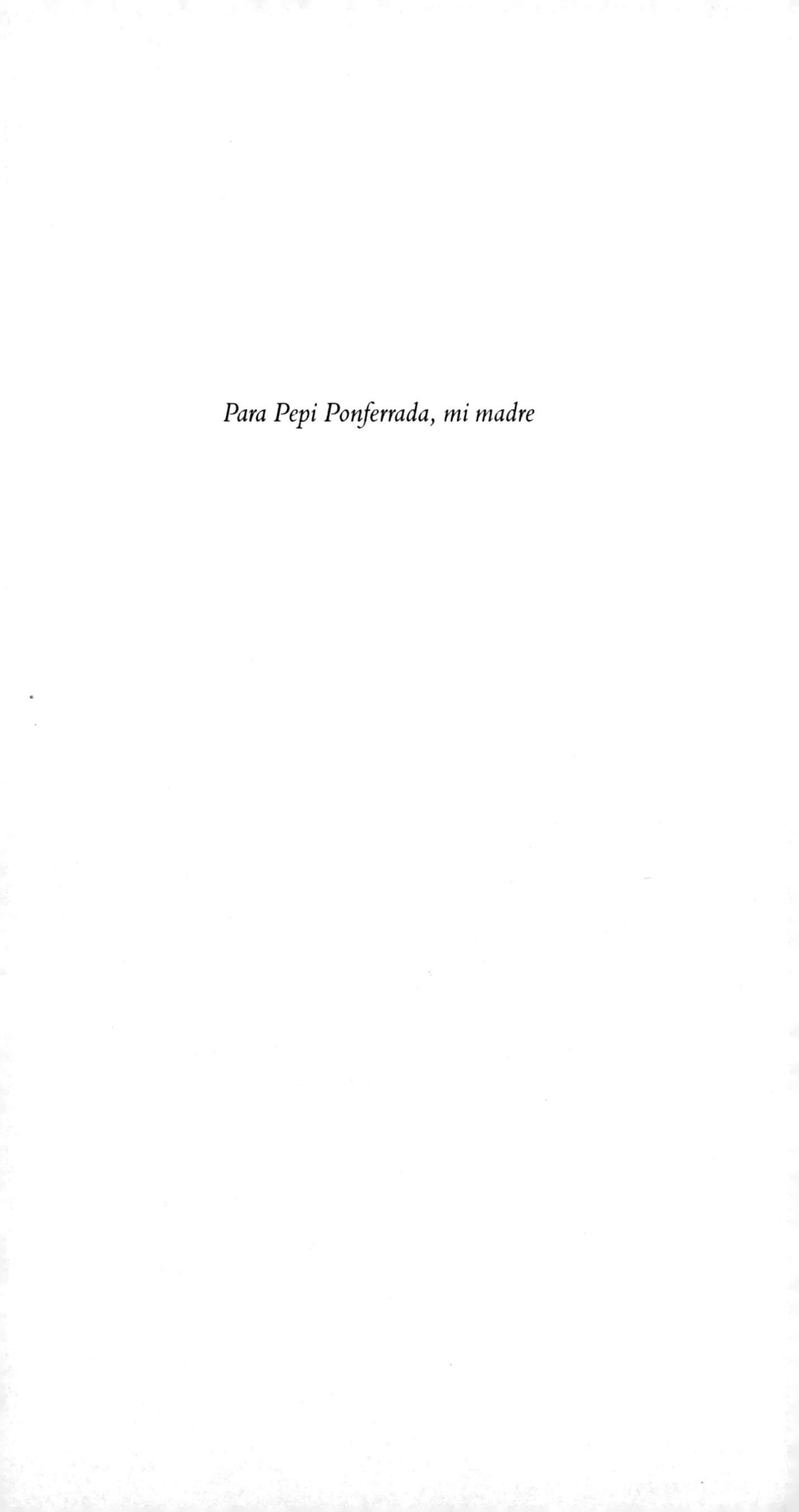

Para Pepi Ponferrada, mi madre

ÍNDICE

HISTORIA DEL RESTAURANTE CHINO CIUDAD FELIZ

LA ORILLA

HISTORIA DEL RESTAURANTE CHINO CIUDAD FELIZ

Contra la memoria nos queda el olvido.

GEORGES PEREC

LA LLEGADA

1

Después de cenar su padre habló con la vieja en la cocina mientras Chi-Huei les espiaba desde el jardín. Su padre le entregó un sobre a la tía y Chi-Huei sintió un escalofrío similar al de la pesadilla que le acometía con frecuencia, mezcla de tifones, hojas con cuentas y uñas largas y rugosas clavándose en la piel de alguien que parecía ser su madre. De aquel sueño se despertaba siempre mirando hacia la puerta: una sombra agazapada en la penumbra del corredor, cuyas paredes estaban empapeladas y olían a refrito, estaba a punto de entrar. Su tía Li contó los billetes y los metió en un bote, y su padre salió de la cocina. De los matorrales ascendía un coro de grillos, monótono y preciso, ahogando el ronroneo del tráfico y el trasiego de voces vecinales disparadas desde las ventanas abiertas. El bochorno de la atmósfera estival rezumaba el olor entre dulce y ácido de los nísperos, y a Chi-Huei le gustaba pararse debajo del árbol aspirando la extrañeza de la noche, si bien ahora no estaba atento a su muda vibración. Se había quedado suspendido del dinero que la tía acababa de contar, de la vieja y de su padre reunidos en la cocina como si asistieran a un conciliábulo.

Aquella mañana la tía, que siempre le había cortado el pelo en casa con una maquinilla, lo había llevado por primera vez en su vida a la peluquería. El camino se le hizo eterno y excitante, a pesar de que la zona norte de Y., al pie de la montaña, estaba casi vacía. El cielo lucía gris, y al cabo de la cuesta interminable, a lo lejos, se levantaba imponente la montaña, de un intenso verde oscuro, que Chi-Huei miraba todos los días cuando cruzaba la calle para ir a la escuela. La sensación de estar caminando hacia ella fue por un momento tan fascinante que sintió que se ahogaba. Tirando de la mano de la tía, mientras señalaba a lo lejos, dijo:

–¿Vamos a ir allí?

–No –respondió la tía–. Te he dicho que vamos a la peluquería.

Pero a Chi-Huei le parecía imposible no alcanzar aquella maravilla que se alzaba sobre ellos, casi podía tocarla ya con las manos, y preguntó que si la peluquería no estaba allí, en la montaña.

La peluquería era un pequeño establecimiento atendido por un señor de mediana edad, vestido con una bata blanca salpicada de pelos, que le sentó en una silla de escay azul frente a una pared de espejo y le hizo esperar quince minutos. La tijera le provocó escalofríos en la nuca, y cuando terminó quiso reclamar los mechones negros esparcidos sobre la losa, que el peluquero barría ya con una escoba. Todo el camino de vuelta se lo pasó mirando hacia atrás, interrumpiendo continuamente los andares ágiles de la vieja, que le espetaba «¡Vamos!», y con una sensación insoportable de pérdida e impotencia, pues ya nunca podría subir a la montaña. No concebía irse para siempre de allí sin haber satisfecho aquel deseo, que en ese momento le pareció la realización definitiva de su corta vida. Cabizbajo, se dedicó a levantar la tierra de los arriates del patio, cuyo declive evitaba las inundaciones del monzón. Los arriates, debido a las frecuentes lluvias, estaban siempre húmedos, y a veces Chi-Huei se entretenía haciendo bolitas de tierra que luego dejaba secar al sol. Pero esta vez no hacía bolitas; tan sólo escarbaba con un palo mientras pensaba en la montaña que jamás volvería a ver, y que de repente era más importante que la vieja y el orden diminuto y estático de los días que lo habían hecho feliz sin saberlo, porque todavía no tenía noción de lo que era la felicidad. La montaña se erigía como símbolo de lo que deseaba y jamás haría. Cuando la vieja se percató de sus pantalones perdidos de tierra a punto estuvo de pegarle una paliza, pero se contuvo. La amenaza que se cernió sobre él durante aquellos breves instantes hizo que se olvidara de la montaña. Comió en calzoncillos, silencioso y contrito, y después la tía lo metió en la bañera. Repeinado y con ropa limpia, esperó sentado en una silla del patio, muy quieto, atento a las sombras del otro lado de la puerta, que lucía grietas portentosas, a través de las cuales, y hasta hacía medio año, Chi-Huei se había dedicado a espiar a su vecino, el viejo señor Chao Li. El señor Chao Li tenía una casa más grande que la de la vieja, a la que se accedía por un patio separado de la calle mediante un muro bajo con rejas. En mitad del patio el tío Chao Li, que era como lo llamaba Chi-Huei, tenía una inmensa jaula con gallinas. Hacía ya medio año que el tío había muerto, y su casa había sido demolida. Un edificio tan gris como los que se construían en esa calle y en las adyacentes, y más lejos aún, por toda la ciudad edificios grises, iba a ser levantado en el solar, todavía lleno de escombros.

–¿Puedo jugar ya? –preguntó Chi-Huei.

–No. Tu padre tiene que estar a punto de llegar –respondió la vieja.

Pero su padre no llegaba, y para que no se pusiera nervioso y empezara a dar la lata, la tía le dejó ver los dibujos animados. En unos cuantos minutos Chi-Huei se olvidó también de la espera, sumergiéndose con una sensación de absoluta paz en los movimientos de los muñecos en la pantalla.

A las cuatro de la tarde sonaron tres golpes. La vieja se había quedado dormida en el sofá, frente al televisor, y Chi-Huei se deslizó del sillón y salió al patio. Los cristales le devolvieron una imagen borrosa de la vieja en el sofá, y convencido de que no iba a despertarse ni con cien golpes más, se sentó tranquilamente en el suelo, muy cerca de la puerta. A través de una rendija observó los pantalones de paño azul marino y la camisa blanca, algo deslucida, del hombre que, se suponía, era su padre. No tenía sensación alguna de estar ante un padre. Se quedó muy quieto; volvieron a caer más golpes, cinco esta vez, sordos e impacientes, y luego aquel extraño miró por la cerradura. Chi-Huei pudo seguir el movimiento de su ojo, que enfocaba la casa y le pasaba por alto. No fue capaz de permanecer en el suelo; de un salto se levantó y echó a correr, mientras el hombre de la calle pronunciaba su nombre con una energía que le resultó odiosa. Pasó como un rayo junto a la vieja, despertándola, y se encerró en su habitación. Todavía podía oír, lejanos, los gritos del hombre de la calle, que disparaba alternativamente su nombre y el de la vieja, con autoridad, y también con cierta alegría. «¡Ya va!», decía la vieja. No escuchó nada de la conversación que su padre y la tía mantuvieron en el salón, ocupado como estaba en esconderse en algún sitio. Lo que sí oyó fue: «Chi-Huei ha salido corriendo», y luego el sonido de la puerta al abrirse. Se hizo el dormido sobre la cama.

–¿No quieres saludar a tu padre, niño tonto? –le dijo la vieja. Chi-Huei se puso en pie, y sin responder, con la vista clavada en el suelo, se acercó. Miró el cuello delgado y el rostro macilento, parecido al de las fotografías, y por ello mismo profundamente extraño, turbador. Su padre se agachó. Estaba muy delgado y le olía mal el aliento.

–Se ha enfadado porque no ha venido su madre –se disculpó la vieja.

Estaba apoyada en la cómoda. Su padre lo observó durante largos segundos; lo tenía agarrado del brazo, con fuerza, como si temiera una estampida. Trató de soltarse y su padre le dijo:

–¿Te has acordado de mí?

Su voz era parecida a la del teléfono.

–Claro que se ha acordado –soltó la vieja–. ¿O no has estado todo el tiempo preguntando por tu padre y tu madre?

Chi-Huei se encogió de hombros.

Después de que su padre se lavara, cenaron. La tía había preparado una barbaridad de comida, y estuvo todo el tiempo levantándose para traer los platos, que se fueron sucediendo sin tregua en la mesa: la bandeja con carne y verduras frías, los salteados, los mariscos, los bocadillos dulces y la sopa con los tazones de arroz. Ella y su padre comían de las bandejas y los platillos, mientras que Chi-Huei lo hacía en su tazón, esperando cada vez que lo terminaba que la vieja le pusiera más. Su padre le invitaba todo el tiempo a pescar de un caldero que hervía sobre una hornilla portátil los mariscos más grandes, pero Chi-Huei, a pesar de que le resultaba atractivo ponerse a cazar bichos en la olla, se negaba a participar del falso bullicio familiar, en el que de repente la tía parecía estar al lado de ese ser extraño, tan delgado y con el pelo, al igual que él, formando un champiñón grasiento alrededor del rostro demacrado. Su padre había empezado a hablar del restaurante, con cierta lentitud, quedándose a veces bloqueado cuando la tía le preguntaba algo. Aun así, conforme avanzaba, transmitía una sensación de enorme exhaustividad, como si no quisiera dejarse atrás un solo detalle, o como si huyera de las preguntas de la tía describiendo más y más. Las tarjas de lavado, los fogones, la campana de extracción de humos, la plancha, el horno, las freidoras, la cámara de congelación, las vitrinas, las repisas, la cafetera, la vajilla, la mantelería, las sillas, las mesas, las lámparas, las sartenes y las ollas, la decoración, las paredes cubiertas con aglomerado de madera para atenuar el ruido, el luminoso de la entrada, la comida. Todo fue descrito con una minuciosidad que daba vértigo. También habló de cómo se repartían el trabajo, de las horas a las que abrían, de que tenían muchos clientes habituales porque la comida era barata, de que había turistas. Chi-Huei lo miraba como si hablara en una lengua extranjera. Absorbía el rostro de su padre, seco, anguloso, con las aletas de la nariz vibrantes, y gracias a que nuevos bocados llegaban raudos a su tazón su mudo acecho no traspasaba el umbral de la estupidez.

De vez en cuando su padre le hacía comentarios intrascendentes como: «Está bueno el pepino, ¿eh?». Para él no parecía haber transcurrido demasiado tiempo, tal y como demostraba aquella sencillez con la que le hablaba, en la que no había gran cosa que decir no porque llevaran tres años separados y se comunicaran sólo por teléfono, sino porque, aun habiendo vivido juntos, las preguntas habrían sido exactamente las mismas. Lo único que llamaba la atención de su padre era su estatura, y le dijo cuando la tía se levantó a por la sopa: «Ponte de pie para que vea otra vez lo que has crecido». Chi-Huei obedeció. Alrededor de su boca, sonriente, había restos de aceite. «Ya puedes sentarte», y Chi-Huei se sentó, mientras la vieja repartía los tazones con el líquido caliente. Su padre se había puesto rojo, chorreaba sudor y le faltaba el aliento. «Es el asma», dijo. Tras sorber sonoramente la sopa y acabar con el té, se quedó dormido durante unos cuantos minutos en la silla, respirando de la misma forma entrecortada, histérica, y la tía comentó que tenía que estar muy cansado para dormirse en mitad de aquel ahogo. Su padre se despertó de golpe, y fue entonces cuando se levantó y sacó de una mochila el sobre que Chi-Huei, desde el patio, vio entregar a la tía, y que contenía un voluminoso fajo de billetes. Luego, alegando no haber dormido nada en treinta y dos horas, se acostó.

2

–Mira el río –le dijo el abuelo.

Chi-Huei miró y no vio ningún río, sino un cauce convertido en jardín. Eran las once de la mañana, y sólo unos cuantos paseantes caminaban bajo el calor, pegados al bordillo de las sendas para aprovechar la sombra raquítica de los pinos. Resultaba extraña la sucesión de parques de distintas clases de árboles, pistas deportivas y amplias plazas ocupando el interior del canal. El desconcierto de Chi-Huei, sin embargo, sólo lo era con relación a las palabras del abuelo, pues él estaba instalado en una estupefacción mayor y más profunda. El abuelo conducía con el pecho pegado al volante, y seguía nombrándole las partes de la ciudad, que rápidamente quedaban atrás, sin que él se atreviera a voltear la cabeza para contemplarlas. Su madre, una mujer pequeña, con el rostro amplio y la nariz chata, lo observaba sin interrupción, entre amorosa e inquisitiva. Chi-Huei procuró distraerse con lo que el abuelo le señalaba, aunque ahora su hermano, que era cinco años mayor, había pegado el cuerpo al cristal de la ventanilla y le tapaba el paisaje. Su padre comenzó a hablar del viaje, y Chi-Huei permaneció callado, acechando a aquellos extraños. A ratos tenía la sensación de haber vivido ya con ellos, aunque no le quedara, en su memoria consciente, un solo recuerdo. La impresión de familiaridad le venía sobre todo de parte de su madre, cuyo timbre de voz era más alto que el que estaba acostumbrado a escuchar por teléfono, y cuyo tacto no se le hacía raro. Su mirada, fulgurante e intensa, seguía clavada en él, como si fuera a devorarlo, y como si la pasión y la severidad no encontraran límite. La severidad estaba sin duda dirigida hacia las partes irreconocibles, que eran casi todas, y a Chi-Huei la angustia se le hacía grande en el pecho. El anciano era un ser flaco, bajito, con el pelo de un gris negruzco en las sienes y la coronilla pelada. Llevaba una camisa azul claro y unos pantalones beige de tela. Aquellos colores desentonaban con la manera a la que estaba acostumbrado a ver a los viejos. Sus ojillos nerviosos se posaban de vez en cuando en él a través del espejo retrovisor, produciéndole un leve sobresalto, pues esos ojos también le juzgaban, de una forma más impersonal que su madre.

«¿Estás contento de estar con nosotros?», «¿tenías ganas de vernos?», «¿te ha cuidado bien la tía?», le preguntaban a cada rato.

Dejaron atrás todas las avenidas, todos los espacios abiertos. Ahora su madre, su padre, su hermano y el abuelo aparecían oscurecidos en el interior del coche. Chi-Huei encajó la cabeza entre los asientos delanteros y miró desde el parabrisas la nueva configuración de las calles, más estrecha y gris, con las aceras sucias, los portales deteriorados -muchos de ellos de madera–, los edificios decrépitos en contraste con otros rehabilitados, que producían en el aire un breve resplandor por efecto de la pintura. Conforme se adentraban en aquel barrio, las calzadas se adelgazaban y el proceso rehabilitador se limitaba a enormes vigas de acero apuntalando algunas estructuras viejas. Chi-Huei miraba las vigas como si formaran parte de los edificios. Con la cabeza encajada entre los respaldos se sentía a salvo. El abuelo ya no le señalaba nada; ahora giraba de un sitio a otro, musitando que era imposible aparcar.

Tomaron una calle con un par de solares en la que paredes enteras de antiguos inmuebles permanecían aún en pie, con sus entrañas brillando al sol. Al llegar a la esquina, el abuelo frenó y todos se apearon. El abuelo y el coche desaparecieron con un suave rugido, y la sensación de intimidad entre su padre, su madre, su hermano y él se acentuó. Entraron en un oscuro portal, y era aquel hedor a familia el que conducía sus pasos por las escaleras, que crujían como si fueran pinocha seca. Mientras su padre se duchaba, su madre inspeccionó su maleta de flores azules. Hizo una bola con tres de sus camisetas y las tiró a la basura. Las camisetas tenían algunos agujeritos que la vieja no había remendado puesto que no veía bien, pero estaban perfectamente planchadas y dobladas. Chi-Huei observó cómo los bordes de la tela se oscurecían al contacto con unos restos de yerbas, probablemente té, aunque también podía tratarse de alguna verdura. La noche anterior, o quizá dos noches antes –había perdido la noción del tiempo debido a los aviones y a las horas de espera en los aeropuertos–, la vieja había sacado de una minúscula habitación que le servía de trastero la maleta de flores azules. Tras limpiarla con un trapo, había dispuesto lenta y concienzudamente sus cuatro camisetas, sus jerseys, sus dos pantalones, el chándal, el abrigo, los calcetines y los calzoncillos en el interior, mientras algo parecido a la nostalgia envolvía su mirada. Aquellas prendas, más algunos juguetes, conformaban el total de sus pertenencias. Chi-Huei, ante la indolencia de su madre por las camisetas tan primorosamente dobladas y colocadas en la pequeña maleta, sintió una mezcla de miedo, enfado y dolor.

–Los pantalones no están mal –dijo su madre–. Aunque éste está hecho una porquería –añadió, blandiendo el chándal que se ponía todas las tardes para jugar.

Chi-Huei se desentendió de ella y echó a andar por el largo pasillo. En el recibidor y en las habitaciones se apilaban decenas de cajas cerradas con celofán. El suelo estaba cubierto de losetas de colores, que iban alternándose formando estrellas de cinco puntas. Aquellas losetas presentaban un aspecto muy desvaído; algunas piezas se levantaban con la punta del zapato, y los huecos de las que faltaban, rellenos con simple hormigón, se veían al trasluz como si fueran manchas. Chi-Huei recorrió las habitaciones, amuebladas todas de la misma manera, con una cama y un armario anticuado. La de su hermano tenía un par de pósters de Dragon Ball en las paredes y una estantería con juguetes que él miró desde la puerta, sin atreverse a entrar. Su hermano estaba en el salón viendo la tele, y no le dirigió la palabra cuando se sentó a su lado. Chi-Huei no entendía nada. Desde que llegaron al aeropuerto de Hong Kong, había estado escuchando lenguas extrañas hasta que la suya, en Barajas, desapareció por completo. No era sin embargo la lengua extranjera lo que más le había llamado la atención, sino los ojos redondos, grandes, desorbitados o al revés, pequeños y muy hundidos en las cuencas, así como la angulosidad de los rostros, el tamaño desmesurado de los cuerpos, la calvicie prematura y la tez meridional. Había dormido la mayor parte del viaje, y ahora estaba despejado y sentía una congoja que lo mantenía alerta.

Cuando su padre salió del aseo, le llegó el turno a él. Su madre llenó la bañera, lo desnudó y lo metió en el agua. Envuelto en la toalla, se miraba de reojo en un gran espejo que ocupaba media pared, mientras su madre le enseñaba dos camisetas nuevas y unas sandalias de tiras muy anchas y aspecto ortopédico. Los pantalones, unos vaqueros desgastados por la rodilla, herencia de su hermano, tuvo que arremangárselos para que no le arrastraran. Alrededor de la mesa de la cocina esperaba toda la familia, en la que había una persona nueva a la que le presentaron como la abuelastra, de la que Chi-Huei jamás había recibido fotos. La abuelastra llevaba una bandeja en la que generosos trozos de pollo navegaban en salsa de ostras, y tras colocarla con suavidad en la mesa se acercó para saludarle. Él permanecía en el marco de la puerta, con su madre detrás, quien le empujaba levemente con la rodilla instándole a atravesar el umbral. Miró las piernas blancas de la abuelastra, que asomaban por debajo de una falda gris, y que llamaban la atención por su grosor en relación con el torso, esquelético y sin pechos.

–¡Qué grande estás! –dijo la abuelastra, como si antes hubiese existido para ella otro término con el que compararlo–. ¡Pero qué guapísimo!, ¡qué alto!, ¡y cómo te pareces al abuelo!

Y Chi-Huei no recordaba que la vieja le hubiera hablado alguna vez de la abuelastra, si bien era posible que él no hubiese prestado atención, o que la vieja le hubiese hablado de pasada, aunque por otra parte la vieja no solía hablarle demasiado de su familia en España, sino que se limitaba a decirle lo *mucho* que iba a aprender y a jugar y a trabajar allí cuando fuera más mayor, y lo *mucho* que iba a querer a sus padres y a su hermano. Aquel *mucho* que la vieja utilizaba para hablarle de lo que le esperaba había significado siempre algo vagamente sinónimo de lo *mejor* por oposición, también vaga, a lo poco con lo que vivían, o tal vez a lo poco que les ocurría. Cuando Chi-Huei le preguntaba «Y tú, ¿por qué no te vienes?», ella contestaba, como si la pregunta fuera una ocurrencia impertinente: «¿Yo? Yo ya no tengo nada que hacer, y menos aún allí. Ya no hay nada que hacer para mí». La vieja afirmaba aquella nada en la que estaba instalada, llena sin embargo de quehaceres que no la dejaban quieta hasta la llegada de la noche, a la que se oponía lo *mucho* que le esperaba a Chi-Huei a partir de que comenzara a vivir en España. A partir de ahí él había construido las oposiciones para hacerse su particular composición de lugar, que en definitiva también era nada, puro humo, puras proyecciones, pues por aquel *mucho* Chi-Huei había imaginado lo que le había dado la gana, y sobre aquella nada llena de quehaceres para sí misma y para él en la que estaba instalada la vieja sólo comprendía lo literal; él, para quien todavía era posible ponerse a vivir debajo de una mesa. Tal vez lo literal era lo único que había que comprender, aunque cuando la vieja decía: «Yo ya no tengo nada que hacer», esas palabras resonaran como puro misterio.

Comieron los enormes trozos de pollo que navegaban en la salsa de ostras, verduras y arroz. La voracidad les hacía callar, y parecía haber una lucha encarnizada entre el abuelo y su padre por coger las partes más sabrosas del pollo, mientras la abuelastra les regañaba, pues no le gustaba que aquellos pedazos dantescos y grasos fueran llevados al plato con los dedos –los palillos eran demasiado endebles, y los pedazos de pollo caían sobre la mesa–. La abuelastra blandía el tenedor cada vez que su padre y el abuelo alargaban el brazo hacia la bandeja del pollo.

–Aquí tenéis tenedores –gritaba–. ¡Coged el tenedor!

Después de comer se precipitaron a la calle, todos menos la abuelastra, llevando unos cubos de arroz que Chi-Huei había visto ya en la cocina. El abuelo decía que se les había hecho tarde. Las nubes, que apenas un par de horas antes parecían no haber existido jamás sobre el cielo brillante y raso, habían formado ahora una capa densa, cargada de electricidad, sobre los edificios y sus cabezas, y toda la atmósfera se precipitaba en bochorno. Era agosto y las calles estaban casi desiertas. Chi-Huei corría de la mano de su madre, quien avanzaba a grandes zancadas con el cubo en bandolera mientras reñía a su hermano, que balanceaba el suyo de un lado a otro como si fuera un columpio. Su hermano afirmaba que aun sin tapadera el arroz se mantendría dentro del cubo debido a la fuerza centrípeta. Chi-Huei aspiraba el suave olor a alcantarilla sin hacer demasiado caso de su hermano, pues la realidad le llegaba como en sordina. Esperaba de un momento a otro volver con la vieja, y en esta expectativa no participaban en absoluto su razón o su imaginación, sino algo indefinido que se recreaba en un terco distanciamiento. No había dicho casi nada desde su llegada, tan sólo unos cuantos monosílabos, unos obligatorios y apocados saludos, y la urgencia del regreso le hacía correr más deprisa que su madre, como si la aceleración resolviera los acontecimientos a su favor. El rechazo y la extrañeza hacia su familia, sin embargo, no evitaba la curiosidad que sentía por la nueva ciudad y los lugares que atravesaban, que ahora, al ir a pie, se veían más grandes. Muchos comercios estaban cerrados por vacaciones, y casi todos tenían la persiana sucia y los rótulos desgastados. Atravesaron un bulevar peatonal, con algunas tiendas relucientes, de escaparates chillones. Estaban haciendo casi el mismo trayecto que con el coche, pasando por las mismas calles, por las que eran muy viejas y estaban apuntaladas, y por las que estaban rehabilitadas y sus edificios refulgían en amarillo, naranja, azul. Tras veinte minutos de caminata, se pararon frente a un par de persianas metálicas que su padre y el abuelo se apresuraron a subir. Frente al local, coronado por un luminoso que rezaba «SE ASAN POLLOS», había una palmera.

Su madre enchufó unas enormes máquinas de asar, rebosantes de pollos a medio hacer, inundando el espacio de un quejido monocorde parecido al de un frigorífico, o al de las atracciones de una feria escuchadas desde la distancia. Chi-Huei empujó con el pie una puerta entornada, y penetró en otra habitación, amplia y oscura, en la que reverberaba un congelador. Se quedó quieto en la oscuridad mientras contemplaba a su familia. Recordaba vagamente el despliegue que su padre había hecho en casa de la vieja, aquella infinidad de cosas que decía haber en el restaurante, y miraba el espacio casi vacío sin darse cuenta de la mentira, constatando tan sólo una suerte de error en sus expectativas al que no dio más importancia, pues su atención no estaba puesta ahí, sino en una tensa espera.

3

Las semanas que siguieron fueron todas un lento preparativo. Por las mañanas estaba obligado a aprenderse el abecedario y hacer ejercicios de caligrafía, y desde las ocho hasta las doce permanecía sentado frente a su hermano, quien mientras resolvía problemas de matemáticas y largas oraciones, supervisaba sus torpes y desganados trazos. El abuelo, para aquel largo mes de agosto, había comprado una pila de cuadernos de deberes para su hermano y para él. Su hermano tenía la orden, durante aquellas agónicas cuatro horas en las que permanecían sentados en la trastienda del local, iluminados por la flaca luz de una bombilla, de hablarle exclusivamente en español. Su hermano, sobre todo al principio, le hablaba en español, y luego repetía lo mismo en chino bajando la voz cuando sentía que el abuelo estaba lejos, si bien éste los acechaba todo el tiempo y en la medida de sus posibilidades.

–Es muy importante que llegues al colegio sabiendo chapurrear el nuevo idioma para que no te retrases demasiado en las clases –le decía el abuelo–. Aceptaremos un retraso *natural* mientras no domines la lengua, pero luego estarás obligado a sacar buenas notas. Para nosotros aquí todo es más difícil, y no puedes permitirte nada.

Chi-Huei ignoraba a qué se refería el abuelo con lo de permitirse qué cosa. Aquellas palabras eran sencillamente terroríficas por el tono con el que se pronunciaban. Con todo, los primeros días se entretuvo con el abecedario y la caligrafía, y luego empezó a aburrirse, y siguió aburriéndose el resto de las largas mañanas de agosto mientras trazaba de manera lenta y monótona las letras, interesándose sólo por el significado de algunas palabras obscenas que su hermano le dibujaba, que fue las que se aprendió con más facilidad, así como por los saludos, pues los vecinos y algunos clientes le decían todo el tiempo «Hola» y «Adiós». Comían a las doce en punto la comida que la abuelastra bajaba del piso en un carrito, en la misma mesa de recia madera en la que él y su hermano habían permanecido sentados toda la mañana, y a partir de la una el local comenzaba a llenarse de clientes, que en su mayoría se llevaban el pollo a su casa. Por cada pollo daban gratis un arroz tres delicias, que cogían con una paleta de los cubos que la abuelastra y su madre habían hecho en el piso. El arroz lo calentaban en un microondas. Al carecer de infraestructura, ni siquiera se habían atrevido a comprar una hornilla, pues temían las quejas de los vecinos por los olores demasiado fuertes del aceite. Todo lo que tenían eran las máquinas de asar pollos, discretas en sus efluvios, el frigorífico, el microondas y dos congeladores.

Cuando las escasas mesas se llenaban, el abuelo le obligaba a acechar a los clientes para que se empapara del idioma. El abuelo le decía: «Acércate sin que se den cuenta», dándole un pellizco en el brazo como señal de lo que le sucedería si se le ocurría no obedecerle. Chi-Huei se acercaba, y los clientes le dirigían sonrisas y le preguntaban su nombre y su edad, y entonces el abuelo iba detrás, le traducía y le decía en español lo que tenía que responder, y Chi-Huei contestaba. Luego el abuelo se lo llevaba dando a entender que había sido ocurrencia del niño molestarlos, y el juego empezaba de nuevo en la siguiente mesa. El abuelo parecía entretenerse con este grotesco obligarle a acercarse a las mesas para que le hablaran y a continuación simular que tenía un nieto entrometido. Creía así aprovecharse un poco más de los clientes en beneficio de su nieto, que debía ante todo, y de la manera más inminente, aprender el idioma, y lo cierto es que enseguida comenzó a entender aquellas sempiternas preguntas que le hacían: «¿cómo te llamas?», «¿cuántos años tienes?», «¿vas al cole?». Chi-Huei miraba con envidia a su hermano, que había conquistado ya la calle desierta del mediodía, atravesada por coches que despedían aún más calor, con sus zumbantes aires acondicionados y motores, y cuando a veces lograba librarse del abuelo, jugaba con su hermano a adivinar quiénes de los transeúntes iban a franquear el umbral de su asador, quiénes se meterían en un portal cercano o quiénes desaparecerían en la siguiente esquina.

Con su hermano había establecido de manera casi inmediata una relación de complicidad. Su hermano era alto para su edad, delgado y nervioso; tenía acento del norte, al igual que el resto de su familia, pues antes de venirse a España, en aquel tiempo que él no podía recordar, vivían en B., mientras que él se había criado con la vieja en el sur de China, a las afueras de la ciudad de Y., al pie de la montaña G., donde se hablaba el dialecto H. y un mandarín cerrado, que era la lengua en la que le había hablado siempre la tía, y la que usaban en la escuela, si bien el idioma predominante en la calle, con el que la tía hablaba con sus vecinas y amigas, y también con el que se dirigía él a su vecino el señor Chao Li antes de que se muriera, era el dialecto H. Que su madre, su padre, su hermano y el abuelo hablaran con acento del norte había provocado que al poco tiempo de su llegada él comenzara a dar una entonación más larga a sus palabras, y sólo volvía a recuperar su acento cuando llamaban a la vieja por teléfono. Al escuchar la primera palabra que le decía la tía, y sin que al principio fuera en absoluto consciente del brusco cambio en la entonación, volvía a su antiguo deje, pues aquel era el sonido con el que se entendían; aunque no se dijeran nada de importancia era a partir de aquel tono seco cuando entraba en una verdadera comunicación con ella, comunicación que no estribaba en llenar el espacio con cosas que hubieran acontecido, si bien la vieja le preguntaba lo que cualquier familiar más ajeno le habría preguntado. Sin embargo, con ella todo fluía de una forma sencilla, y sin que hubiera necesidad de que supiesen nada el uno del otro; bastaba con ese compás en el sonido de sus voces para que se sintieran en una mutua comprensión. Asimismo, seguramente era la comunicación con su hermano lo que había propiciado la rápida adopción del acento en el que hablaba toda su familia, que habría acabado hablando igual, puesto que era un niño. Se producían en él cortocircuitos cuando, por ejemplo, charlaba con la tía, y luego seguía con ese mismo acento mientras hablaba con su madre, sintiéndose raro y dándose cuenta de golpe de una sutil variación en su identidad, dándose cuenta a través de una ligera vergüenza, de una súbita impropiedad. De repente sonaba falso y se sentía ridículo al cambiar, como si se desnudara delante de todos y sin venir a cuento para vestirse con una ropa nueva que tampoco le venía bien. Todo aquel primer mes fue así, hasta que al final no tuvo que hacer esfuerzo alguno, sino que se acostumbró a cambiar sin que eso lo desconcertara.

Su hermano vestía con amplias bermudas, camisetas negras y unas zapatillas de deporte, y era el único de la familia al que su presencia parecía no haberle afectado. Cuando estaba con él, Chi-Huei era inconsciente de algo anormalmente particular relacionado con su propia presencia, que florecía delante de su madre, su padre y el abuelo, aunque sobre todo delante de su madre y el abuelo, quienes lo trataban siempre con relación a ese algo anormalmente particular que era, según lo sentía Chi-Huei, él mismo, sin que supiera en qué consistía ese él mismo más que en la forma en que estaba delante del abuelo y de su madre y entonces *se sentía* todo el tiempo. Su madre se ponía una camisa blanca y una falda negra para trabajar, y era ella la que atendía las escasas mesas del local, y entre sus idas y venidas siempre le sorprendía con la misma pregunta, «¿Qué haces?», que le llevaba a estar continuamente en disposición de recibir alguna regañina, pues aquel «¿Qué haces?» inquisitivo presuponía alguna clase de mal que estuviera a punto de cometer. «¿Qué habéis hecho esta tarde?», preguntaba asimismo, con un tono idéntico, después de que su hermano y él hubieran vagado por las calles durante la tarde, arrastrando un balón con el que sólo jugaban cuando aparecía alguno de los amigos de su hermano, chicos del barrio, pues a su hermano le aburría jugar al fútbol con él, y además preferían andar sin rumbo y gastarse el escaso dinero que su padre les daba en algún locutorio. Sólo cuando pasaban un buen rato con su madre a solas, por ejemplo los lunes por la tarde, cuando los llevaba a la playa, ésta mudaba la desconfianza por una presencia tranquila y cariñosa, que en el caso de Chi-Huei se tornaba en una atención excesiva, brutal. Para su madre no había tránsito entre la desconfianza más absoluta y el amor ilimitado, entre la entrega total durante las tardes de playa, cuando estaba fuera del alcance del abuelo y del asador, ataviada con un bañador negro y un gorro azul marino, y mirando todo el rato la hora y a pesar de ellos sumida en una alegre dejadez, y la furia y el juicio atroz e inminente. Cuando su madre iba a lo largo de la mañana al asador, cargada con los cubos de arroz que ella y la abuelastra cocinaban desde primera hora, cuando la veía cruzar la calle con su habitual expresión crispada, como si el tiempo fuera tras ella para devorarla, o como si algo terrible fuera a suceder de un momento a otro (pues para su madre todo el tiempo, y debido a sus nervios a punto de desbordarse, siempre iba a acontecer algo catastrófico), su hermano y él iban volando detrás del mostrador y le gruñían, y su madre le decía a su hermano «Ya le estás enseñando a ése», refiriéndose a él, que sacaba sus dientecillos y daba saltos ahogándose de risa. Por la mañana la crispación de su madre admitía el humor; a mediodía, cuando estaba todo a rebosar de clientes, no había espacio para la broma, y ahí era cuando más daba la sensación de que el asador estuviera al borde de un gran incendio, o de estar atravesando una gran crisis, aunque eso sólo lo sabían su hermano, su padre, el abuelo, la abuelastra y él, pues ante los clientes aquella barbaridad de expectativas trágicas y de energía se resolvía en una eficiencia exagerada que a la mayor parte de la gente le agradaba. La sobreatención de su madre provocaba que los clientes dejaran buenas propinas, por lo que todos debían estar agradecidos a aquella crispación que los mantenía en un permanente estado de alerta. Su madre se movía entre ágil y brusca, y cantaba cuando estaba sola canciones de Teresa Teng, con una voz realmente hermosa, llena de fuerza y de pasión. Aquellas canciones parecían ayudarla a mantener esa energía poderosa y perturbadora que era su tono vital. Su madre se quedó huérfana a los catorce años, y había trabajado en China en una fábrica de coser ropa, y decía que antes de la fábrica no caminaba encorvada, si bien su padre afirmaba que desde que era una adolescente siempre había lucido aquella chepa discreta, y que eso les pasaba a muchas mujeres cuando le salían los pechos durante la adolescencia: que se encorvaban por vergüenza.

LA HISTORIA DEL RESTAURANTE

1

Mientras que todos se comportaban con naturalidad y automatismo, para él nada era natural ni automático. Hiciera lo que hiciera, siempre tenía la impresión de estar fuera de lugar. Tal vez su continuo preguntarse qué sentido tenía todo le producía una sensación de falta de sentido; sin embargo, antes de empezar a cuestionárselo, ya experimentaba una inadaptación física, una apatía en los brazos y en las piernas, una impresión constante de poder estar en cualquier parte en vez de llevando platos sucios a la cocina. Le parecía increíble que *eso* en lo que pasaban tantas horas funcionara como restaurante y como asador de pollos, y que ocasionalmente alguien llegara para tomarse un café en el mostrador con el mármol descascarillado que hacía de barra, cuando estaba claro que *eso* no era un restaurante, ni un negocio normal donde se asaban pollos, ni ésa una barra para tomarse cafés. Este pensamiento de que *eso* no fuera nada de lo que aparentaba mediante su funcionamiento le producía un gran placer, y alguna vez que su madre le había dicho «Baja al restaurante», él había contestado: «¿Qué restaurante? ¿Te refieres a lo que hay ahí abajo?». No lo decía con crueldad, sino con alegría, pues no tenía demasiadas oportunidades para cuestionar en alto la existencia del negocio. Él, la mayor parte del tiempo, mientras no estaba en el instituto, estaba en la mesa de los deberes, o en la cocina, o sirviendo pollos. Tampoco es que deseara que el local tuviera otro aspecto que lo hiciera, cuanto menos, no grotesco. Si hubiesen tenido un restaurante con aspecto de tal, o un asador de pollos con pinta de asador, le hubiese dado la misma rabia, y lo negaría de igual forma que negaba las noticias del periódico.

La verdad es que el negocio tenía un aspecto raro y destartalado. Los cristales de la fachada, los mismos de la relojería, que su familia decidió no cambiar puesto que no estaban rotos y a pesar de la capa grisácea y mugrienta que llevaba adherida a la superficie, que no se iba por más que restregaran; esos cristales a través de los cuales, antes de la reforma, se veía a su padre y al abuelo trajinar detrás del mostrador, habían sido adornados desde dentro con unas cortinas rojas cosidas por la abuelastra. El objetivo era darle un aire a restaurante chino sin gastar dinero en modificar la fachada. Ahora también se veía al abuelo y a su padre trajinar tras el mostrador, si bien enmarcados en las cortinas, recogidas a la manera de un teatrillo para aprovechar la luz. Cuando por la noche las cortinas se echaban, pues al abuelo no le gustaba que se viera a los clientes comer desde la calle, el efecto era aún más tétrico, y denotaba algo prohibido y sin atractivo. Por otra parte, la barra tras la que su padre vendía los pollos se veía harto extraña. No se trataba de una barra, de la misma manera que las cortinas cosidas por la abuelastra no eran la fachada de un típico restaurante chino, y se le parecían menos aún. La barra era el viejo mostrador de la relojería, que antes no desentonaba del todo con el negocio de los pollos. La barra-mostrador les llegaba a los clientes por la cadera, y si alguien pedía un café para tomárselo allí, lo cual era raro pero no imposible, no podía acodarse, ni tampoco quedarse de pie sin sentirse fuera de lugar. El hecho mismo de poder tomar un café en un mostrador que se pretendía barra y donde se despachaban pollos asados era inconcebible, y sin embargo en su restaurante se podía. Esa sensación de posibilidad que flotaba en el ambiente, la libertad de hacer allí lo que usualmente correspondía a locales de naturaleza distinta, provocaba que cuando algún cliente de fuera del barrio entraba estando las cortinas corridas se quedara parado sin saber exactamente qué es lo que había leído fuera, tal vez incluso olvidando por qué había entrado. «¿Qué desea?», preguntaba su padre de inmediato. En la fachada estaba el luminoso de color amarillo con letras rojas donde ponía: «SE ASAN POLLOS», y a continuación un dibujo de un pollo guiñando el ojo. Por encima de ese luminoso habían colocado otro más grande, con los mismos colores pero cambiados, es decir, letras amarillas sobre fondo rojo, rezando: «RESTAURANTE CIUDAD FELIZ», en español y en chino. No podían saber a qué venía el nuevo cliente, ni siquiera si había leído ambas cosas. El nuevo cliente, por lo general, se quedaba confundido por el simple aspecto del interior: de un lado la barra-mostrador con la máquina de asar pollos dando vueltas, la máquina del café y las estanterías con las bebidas; del otro las mesas, separadas del resto de la estancia por varios biombos de madera que formaban un estrecho pasillo hasta llegar a la cocina. Por la noche, en la parte que correspondía a la barra-mostrador, caía una luz blanca, de neón, mientras que sobre las mesas había farolillos rojos para crear el clima propio de los restaurantes. Debía de ser desagradable para los que venían a cenar esa luz primera de negocio de comida rápida, apropiada para los pollos pero no para el restaurante. Las caras de los que iban buscando comida china se oscurecían durante los primeros instantes, por las noches, al encontrarse con esa luz, aunque también era cierto que las que solían repetirse se habían habituado muy pronto al contraste. Incluso al aspecto grotesco del restaurante desde fuera, con el paso del tiempo, también parecían haberse acostumbrado, y el «¿Qué desea?» de su padre había pasado a ser algo automático.

2

El abuelo era el artífice de que estuvieran allí. Habían podido establecerse solos, sin organizaciones mafiosas que les consiguieran papeles y trabajo a cambio de esclavizarlos, gracias a su dinero. El abuelo les bombardeaba con historias de chinos que llegaban a España y eran encerrados por otros chinos en zulos, donde dormían apilados. Los chinos sólo podían salir de los zulos para trabajar en las cocinas, limpiar y servir mesas. Si no hubiesen visto noticias de ese tipo en la televisión y escuchado a sus compatriotas contar historias similares, decían por lo bajo su madre y la abuelastra, aquello sonaría a cuento para meterles miedo y que sirvieran con más complacencia sus propias mesas. Conforme avanzaba el tiempo, sin embargo, tanto su madre como la abuelastra tendían a negarlo todo: era mentira lo que contaban sus compatriotas y el abuelo, y lo que decían por la televisión. Cualquier cosa que viniera de la realidad sólo era digna de no creerse.

El abuelo había hecho suficiente dinero en China. No tenía pensado seguir dedicándose a los negocios, aunque sí pasar una buena temporada en el extranjero cuando se jubilara. A falta de medio año para su retiro, su padre fue detenido. Chi-Huei sabía por su madre que su padre había pasado dos semanas en la cárcel y que, a pesar de que *no había sido nada grave y de que incluso habían reconocido el error*, el abuelo decidió sacarlos del país. Su madre decía que había que mirar el lado bueno de que a su padre lo hubiesen metido en la cárcel, que era que el abuelo les había puesto el negocio, pues por sus propios medios jamás habrían escapado de lo que se les venía encima. Lo que su madre no solía decirle es que aquello era sólo potencialmente verdad. El restaurante-asador no pertenecía a su padre, ni a su madre, y ni siquiera al abuelo, sino a la abuelastra. El abuelo le sacaba veinte años a la abuelastra, y se casó con ella antes de venir. Poniendo el negocio a su nombre, se aseguraba no perder el dinero de su pensión ni el poder sobre la familia. Cabía suponer que antes de morir obligaría a la abuelastra a traspasar el restaurante a su padre, pero eso era sólo una suposición. Además, ¿qué pasaría si muriese de golpe? Él decía tener más dinero, y para que no desconfiaran se había encargado de hacerles saber que ese dinero era de su padre. Así estaba escrito en su testamento. Sin embargo, ignoraban si con ello se refería a sus propiedades en China, como la casa en la que vivía la tía, sobre las que dudaban, debido a la situación de su padre, que pudieran disponer una vez muerto.

Antes de la reforma

El abuelo había pagado el local y la mitad de la hipoteca del piso. Para la reforma había que tirar parte del tabique de la trastienda, levantar uno nuevo para hacer la cocina y poner la cocina, amén de acondicionarlo todo para que pareciera un restaurante. Era mejor esperar, le dijo su madre que había dicho el abuelo; dedicarse a vender pollos asados por un tiempo para hacerse rápidamente con una clientela, ahorrar dinero y observar el panorama. Compraron un par de máquinas de asar, de seis espadas y con una capacidad para treinta pollos cada una, y durante unos años se dedicaron exclusivamente a los pollos con oferta. Por cada pollo daban gratis un arroz tres delicias y una lata de refresco o cerveza. La monótona actividad de cocinar el arroz, ensartar pollos en las espadas, venderlos y limpiar les mantenía ocupados todo el día. Al poco de que Chi-Huei llegara compraron un aparato de ventilación y unos buenos fogones, y ya pudieron cocinar en la trastienda sin temor a las quejas de los vecinos. La llegada de Chi-Huei parecía haber sido el pistoletazo de salida para empezar con los primeros cambios. Junto al cartel de la oferta del pollo, colgaron una pequeña carta que incluía los platos estrella de cualquier chino: rollitos de primavera, arroz tres delicias, tallarines tres delicias, ternera con pimientos, cerdo agridulce y pollo en salsa de ostras, y eso dio un nuevo impulso al negocio.

La oferta del pollo con el arroz gratis había sido un gran acierto del abuelo, y gracias a esta oferta, su asador tenía fama. A la una abrían, y a esa hora aparecían los primeros clientes, turistas extranjeros en su mayor parte, que llegaban hambrientos de pollo y que, a partir de que pusieron la carta, acababan comiéndose además algún plato de tallarines o cerdo. Su local estaba entre el centro y el casco antiguo, muy cerca de la catedral y rodeado de tiendas de electrónica y pequeños comercios de ropa moderna y baratijas, por lo que el trasiego era continuo. Aunque tenían suficientes clientes, en la mente del abuelo y de su madre, y en menor medida en la de su padre, era una obsesión el aumentar el negocio, por lo que, tras la compra del aparato de ventilación y la hornilla, vino la moto para repartir comida a domicilio. Fue la abuelastra la encargada de repartir la comida. Con la ruidosa moto, se plantaba en diez minutos en cualquier lugar que estuviera a menos de dos kilómetros a la redonda. Al abuelo le parecía que las mujeres debían cocinar y servir mesas, pero no ir montadas en la moto para hacer el reparto; sin embargo, no habían tenido elección; su padre empezaba a dejarse devorar por la parálisis mental, el abuelo quería estar todo el tiempo vigilando el negocio, y su madre no sabía conducir motos y era una pieza fundamental para la buena marcha del local a las horas punta. La abuelastra, en cambio, no era una pieza clave, sabía conducir y además estaba en su salsa montándose en la moto y yéndose tranquilamente. También era la abuelastra quien, los jueves por la mañana, armada con una mochila llena de papeles publicitarios, se lanzaba de portal en portal, desde las nueve hasta las doce, a repartir la publicidad del asador que habría de convertirse en restaurante. Habían vacilado mucho hasta poner «RESTAURANTE CHINO / SE ASAN POLLOS» en los papelitos rojos que salían religiosamente todos los miércoles de la copistería, no por escrúpulos, sino porque significaba una pequeña mutación que los precipitaba *demasiado rápido* hacia adelante. Aunque su objetivo fuera ser un restaurante, cualquier cambio en ese sentido era mirado por el abuelo, y también por su madre y su padre, con una suspicacia enfermiza, como si escondiera una trampa que los atraparía el día menos pensado.

Su padre solía estar en la barra, en la que se apelotonaban los clientes del pollo durante el mediodía y la noche. La mayoría de los clientes se llevaban los pollos a casa, aunque algunos se lo comían en las mesas que estaban pegadas a los cristales. La abuelastra, mientras no hacía reparto a domicilio, preparaba la comida, y su madre estaba entre la cocina y las mesas. Como la carta era limitada, la comida estaba ya hecha, y cuando abrían sólo había que calentarla. Su abuelo deambulaba por todos sitios haciendo lo que le daba la gana y vigilándolos. Así, cuando le daba la gana, quitaba una mesa, o cobraba una oferta de pollo.

Abrían a la una y cerraban a las cinco. Luego volvían a abrir a las ocho y cerraban a la una. Entre medias compraban, limpiaban, pelaban zanahorias y cebollas, ensartaban pollos, partían pimientos, setas, cerdo; hervían arroz y tallarines. Cuando se acercaba la hora de comer, la cocina llevaba ya un buen rato en marcha, y todo el local estaba inundado de olor a frito y de las humedades del arroz y los tallarines. A su madre y la abuelastra, mientras cocinaban, el sudor les caía por el rostro, por los brazos, por las piernas. Hablaban a menudo de China, del abuelo, de su padre, de su hermano y de él, y debido al ruido de las paletas sobre las sartenes removiendo los guisos y al crepitar del aceite, no necesitaban bajar la voz para decirse cosas que no querían que el abuelo oyera. Mientras cocinaban y se atenían a los asuntos cotidianos, su madre y la abuelastra se llevaban bien. Sin embargo, cuando hablaban del futuro, que era sinónimo de muerte del abuelo, se ponían en guardia la una contra la otra. Su madre se ponía más en guardia que la abuelastra. Su padre, mientras tanto, estaba casi siempre callado, y barría el local, ponía las mesas, preparaba las máquinas. Su abuelo, para vigilarlos, daba vueltas todo el día. Tan pronto se sentaba en una mesa, aguzando el oído, tan pronto se servía un guiso para tener una excusa con la que entrar en la cocina y mirar y oler, tan pronto iba al baño para observarse atentamente en el espejo mientras escuchaba los ruidos de todos, pues al baño los sonidos llegaban amplificados por algún motivo que nadie entendía. El abuelo, en el baño, siempre con la puerta abierta porque había algo en él de exhibicionista, parecía confirmar a través de los sonidos altísimos e indistinguibles lo que llevaba largo tiempo sospechando, y afirmaba con la cabeza como diciendo: «¿Lo veis?».

El abuelo no se llevaba demasiado bien con la abuelastra ni con su madre, y su padre lo había decepcionado para siempre, por lo que apenas podía compartir ni ésta ni otras impresiones con nadie. De su madre, además, pensaba que no era más que la mujer de un tonto, aunque este pensamiento, que a veces era expresado en voz alta, sonaba a autoconsuelo. Si no fuera por la energía de su madre, el negocio no funcionaría tan bien, y eso el abuelo lo sabía.

Su madre, de vez en cuando, tenía el valor de enfrentarse con el abuelo en asuntos relacionados con su hermano y con él. Así, por ejemplo, había logrado que el abuelo pusiera Internet en el local. Para imponerse sobre el abuelo, su madre tenía que darle a entender que la autoridad era siempre suya. En aquel asunto de Internet, repitió veinte veces con la mayor dulzura que su hermano y él lo necesitaban para hacer sus deberes y saberse manejar como los demás chicos de su edad, y que si no podían estaría tirando al váter el dinero que invertía en ellos. El abuelo accedió a regañadientes, seguramente por miedo, y luego estuvo varios días abatido, meditando. Cada vez que daba su brazo a torcer, se pasaba luego varios días sumido en profundas reflexiones, o tal vez no eran reflexiones, sino un caos al que se entregaba y en el que intentaba poner orden mentalmente. Lo que no había logrado su madre era que contrataran a alguien para que no tuvieran que trabajar de manera desaforada durante los fines de semana, que era cuando el local se ponía a rebosar. Cada vez que lo sugería, el abuelo gritaba como un loco que de dónde iban entonces a sacar el dinero de la reforma para convertirse en un verdadero restaurante, que ya llevaban años en España y que todavía no habían conseguido poner un negocio en condiciones, si bien el asador marchaba a la perfección, y además tenían ya suficiente dinero. Sin embargo, según el abuelo, mientras que ese objetivo esencial de poner un buen restaurante no se hubiera cumplido, era necesario ahorrar todo lo posible y no dar por hecho que ya podían permitirse ciertos lujos.

Por las noches, cuando el local se quedaba vacío, su abuelastra y su madre se encargaban de limpiarlo. El abuelo, su hermano y él se iban a dormir, y su padre a veces se quedaba también limpiando y otras se subía con ellos a la cama. Su padre tenía esa libertad de poder limpiar o dormir más horas. Su hermano y él no. Su hermano y él estaban obligados a dormir, de la misma manera que estaban obligados a ir a clase por las mañanas, comer rápidamente, estudiar desde las cinco hasta las ocho todas las tardes excepto los martes y los jueves, que tenían inglés y chino (el abuelo no quería que perdieran el chino) y, a partir de que cumplieron los trece, trabajar los mediodías y las noches de los fines de semana. Vivían al ritmo del negocio, que no cerraba nunca, y cuya actividad era siempre desbordante, ilimitada. El abuelo, durante aquellas horas que pasaban reclinados sobre sus libros y su madre, su padre y la abuelastra preparaban el asador para la noche, merodeaba por la mesa donde estudiaban, mirándolos, asintiendo a cada operación que resolvían, a cada frase que leían y que él no podía leer, puesto que no sabía leer español. Era insoportable tener allí detrás al abuelo asintiendo, sobre todo por el contenido de su asentimiento, que nada tenía que ver con las materias que estudiaban, por las que no sentía la menor curiosidad. Lo que motivaba el asentimiento del abuelo era el espectáculo de ellos cumpliendo con su deber, a sus ojos importantísimo, pues ese cumplimiento significaba ni más ni menos un futuro flamante no en España, sino en China, adonde tendrían que volver triunfales, lo que era sinónimo de haber ganado mucho dinero. No había lugar en la mentalidad de su abuelo, y en cierto modo en la de su madre, de que todos sus esfuerzos no revirtieran en un triunfo allí, y no aquí, y en que ese triunfo fuera ante todo y sobre todo económico. Durante algún tiempo, Chi-Huei pensó que para entonces el abuelo habría muerto y sus padres serían dos ancianos y estarían retirados.

A su hermano le advertían que al llegar a la universidad tendría que coger horario de tarde para dedicar las mañanas al restaurante. Su hermano no era mal estudiante, aunque no sacaba las notas excepcionales que esperaban su madre y el abuelo, razón por la cual le chantajeaban con su trabajo detrás de la barra y en la cocina. Por si acaso no lograba una brillante carrera, le decían, debía desarrollar cualidades de lince en el negocio. Todos sabían, no obstante, que estudiase lo que estudiase el negocio no podría abandonarse, y aquí había una falla en las pretensiones desmedidas que tanto el abuelo como su madre tenían en lo referente a sus estudios y lo que le debían al futuro restaurante. El abuelo soñaba con una franquicia de chinos, lo que contradecía su deseo de que volvieran a China.

Chi-Huei sacaba muy buenas notas, y hasta que no cumplió los trece no tuvo que trabajar en la cocina. Por otra parte, él tampoco llegó a tener las responsabilidades de su hermano. Por supuesto, jamás los obligaban a trabajar durante la semana, pues entonces no era necesario: bastaba con el trajín de su madre, de su padre y de la abuelastra, y con el vagabundeo del abuelo *supervisando y dando los últimos retoques*. En esto del trabajo había un reparto de roles en el que su hermano, por ser el mayor, se había llevado la peor parte, es decir, la más inmediata, la que era evidente las veinticuatro horas del día: el negocio, mientras que sobre Chi-Huei, que venía detrás, recaía el peso de las buenas notas, y por tanto de la carrera fulminante y exitosa, que era lo que además, y en un futuro no tan inmediato, habría de sobrevenir gracias al estudio y al cuidado que su familia había puesto en este estudio. Tal vez por eso su hermano no era tan buen estudiante, aunque desde luego tampoco sacaba malas notas, mientras que Chi-Huei llevaba siempre una hoja de calificaciones impecable. Los deseos de la familia los determinaban, si bien su hermano decía que Chi-Huei era un empollón porque no había logrado hacer amigos en el colegio, mientras que él no necesitaba esconderse ni justificarse detrás de una hoja de calificaciones, razonamientos estos que aprendía de revistas de psicología orientadas a mujeres. Su hermano también devoraba pilas de cómics roñosos de superhéroes, que compraba muy baratos en una librería de segunda mano, aunque de vez en cuando ahorraba y venía con un cómic manga nuevo y reluciente. Un día compró uno de Taniguchi, con algunas páginas rasgadas. Su hermano jamás leía aquel cómic, que por otra parte apenas tenía texto, sino que miraba atentamente algunos de sus dibujos, sin ningún orden, sin seguir la historia silenciosa, limitándose a entrar en lo representado por los dibujos, que también le gustaban a Chi-Huei, aunque él sí había seguido la historia hasta el final. El reparto de roles entre su hermano y él había quedado confirmado el día en que, ya en tercero de primaria, la tutora de Chi-Huei convocó a su madre para decirle que él era anormalmente inteligente, y que convenía hacerle un test que confirmara o desmintiera cierta superdotación, y en tal caso adelantarlo de curso. Su madre, mientras la escuchaba, había mantenido un orgullo serio, y se había desconcertado varias veces. Al igual que su padre y su abuelo, estaba dispuesta a creer cualquier cosa que la tutora le dijera, aun cuando eso hubiese contradicho los buenos resultados de Chi-Huei. Su conocimiento se volatilizaba ante cualquiera con la suficiente autoridad, y en lugar de suelo lo que había bajo sus pies era un vacío. Chi-Huei había estado presente en la reunión de su madre con la tutora, y también había presenciado la satisfacción de su familia ante aquel dato que confirmaba los planes de todos. Primero se había envanecido, y luego, al llegar al local, ante las miradas de satisfacción de su padre, su madre y el abuelo, se había desinflado como un globo. Las buenas notas, o su inteligencia, no eran ninguna fuerza a la que pudiera agarrarse, puesto que se trataba de una reacción, y no de una acción; de una reacción para que su familia y sus compañeros de colegio lo dejaran en paz.

CHINO

«Chino», le dijeron un par de chicos mayores en el patio el primer día, y Chi-Huei no los entendió. Como no sabía una palabra de español, lo habían escolarizado un curso por debajo del que le correspondía. Al principio, la diferencia con los otros niños no se notó, pero al llegar a los ocho años era media cabeza más alto que el resto de sus compañeros, y a los nueve una cabeza entera, diferencia que se estableció durante los diez, los once y los doce. La cabeza, sin embargo, no era ni de lejos tan importante como el hecho de que fuera chino. Chino, chino, chino. Más chino conforme pasaban los meses y los años, y China se alejaba de su memoria. Así, las primeras semanas, musitando apenas el español, sus pequeños compañeros lo acogieron con cierta indiferencia; cuando dominó sin tacha el idioma, sus compañeros también sabían pronunciar con total naturalidad su nombre; al año, sin embargo, y debido precisamente a un cabezazo durante un partido de fútbol, el insulto que recibió fue el de «chino», repetido a grito limpio y con desdén por los chicos del equipo contrario, y al curso siguiente ya nadie sabía decir Chi-Huei, sino chino. El chino de tercero, o más sencillamente el chino del colegio. A veces, para burlarse todavía más, le decían Chi, que sonaba a perro o a estornudo, y tal vez Chi-Huei se habría sentido para siempre chino de la China recién llegado, o perro, si nunca hubiese hecho amistad con Sara y Julia, y a través de ellas, con los otros chicos del barrio, que le llamaban indistintamente chino o Chi-Huei.

Cuando conoció a Sara y a Julia, éstas ya llevaban seis meses jugando todas las tardes de los fines de semana frente al asador. A Chi-Huei, que se sentaba en los escalones para merendar, le llamaba la atención el viejo que las vigilaba, que se plantaba en plena calle con una silla y daba enormes gritos cuando las niñas se perdían de vista. Más tarde supo que se trataba del abuelo de Julia, cuyo padre era el dueño del kiosco frente al cual se sentaba el viejo. También supo que se murmuraba que en su asador se servía carne de rata. Un día le preguntó a su hermano si aquellas niñas iban a su colegio. En el barrio había dos colegios, y su hermano iba a uno y él a otro.

–Esas son dos asquerosas niñas pijas de colegio privado, ¿o es que no ves cómo visten? –le dijo su hermano–. ¿Acaso te gustan?

Sí, le gustaban. Le gustaban sus gritos, sus risas, sus cabellos largos y limpios, la bolsa de golosinas inmensa que llevaban a todas partes y que iban consumiendo lentamente, entre carrera y carrera. Julia tenía una melena castaña muy abultada, y Sara el pelo negro y la piel blanca. Ambas se peinaban con la raya al lado, y muy a menudo lucían bolsos de plástico rosa, amarillos, azules, en los que guardaban espejos, móviles falsos, pintalabios y pistolas de agua. Llegaban siempre a las seis de la tarde, impolutas, y se despedían a las ocho y media, felices y exhaustas de correr y chillar. La imagen de las niñas desmañadas y enloquecidas le asustaba menos que las peripuestas que pasaban delante de él mientras merendaba, a las seis y media de la tarde. Cuando aparecían recién arregladas, perfumadas y compitiendo entre ellas por mirarse en los escaparates, a Chi-Huei, con su chándal y su irremediable cara de chino, le daban miedo. Procuraba apretujarse para no llamar la atención, e incluso se avergonzaba del mísero plátano que tenía que merendar y tiraba la cáscara lejos, pues la cáscara del plátano se tornaba repugnante en comparación con sus relucientes chucherías, ninguna de las cuales dejaba un resto bochornoso tras de sí. Pasaban por delante de él sin mirarle, y a veces incluso franqueaban el umbral del asador y se tapaban la nariz, y entonces las odiaba. Sin embargo, cuando al rato volvía a asomarse a la calle, dejaban de darle miedo y comenzaban a parecerle fascinantes en su crueldad, fascinantes intentando rajar los neumáticos de los coches con un cúter, fascinantes escupiendo en las espaldas de los transeúntes, fascinantes cuando se tiraban del pelo como fieras, hasta arrancarse mechones enteros.

SU PADRE

Su padre había pasado dos semanas en una cárcel de B., aislado de otros presos, donde le interrogaron en días alternos. Los interrogatorios duraban veinticuatro horas, durante las cuales no le daban comida. Luego, para que descansara, le metían en una habitación con una luz tan intensa y monstruosa que era imposible dormir. Al final de aquellas dos semanas, le hicieron firmar un papel, que su padre no entendió porque había perdido la capacidad de reaccionar ante cualquier cosa que implicara por su parte un posicionamiento, una respuesta de carácter moral.

Según su madre, durante aquellos días en que lo interrogaron, a veces era mayor el miedo ante su propia incapacidad de entender que al hombre que tenía delante disparándole preguntas. La sensación era que todo el tiempo aquel hombre estaba a punto de matarlo, y sin embargo él tenía más miedo a no poder discernir entre «Sí» y «No», pues todas las preguntas requerían en primer lugar una respuesta de «Sí» y «No» que más tarde sería desentrañada. La pérdida de significado de la afirmación y la negación reflectaba en la pregunta, que se convertía en palabras sueltas, sin una articulación clara entre sí, en las que no era posible desentrañar sentido alguno.

Su padre se había quedado con esta tara, que al principio parecía un simple tic, pero que había acabado derivando en una auténtica enfermedad, por lo que se habían acostumbrado a jamás preguntarle nada. Casi cualquier cosa que planteara una disyuntiva, un «Sí» o un «No», requería un posicionamiento explícito. Por ejemplo, «¿Puedes ir a la cámara y ver si hay suficientes pollos?» planteaba una libertad mínima de ir o no ir a la cámara frigorífica, y su padre dejaba de entender lo que le estaban preguntando. Había que decirle lo siguiente, «Ve a la cámara y cuenta los pollos», y entonces su padre iba a la cámara y contaba los pollos, pues no tenía elección, y además sabía lo que suponía intentar decidir no ir a la cámara, y cuanto más lo sabía, con más prestancia iba. El sufrimiento de su padre era palpable y heroico, pues no pocas veces intentaba decidirse, perdiendo el sentido de lo que se le había dicho. Entonces hacía esfuerzos titánicos al suplicarles: «He dejado de entender. Dímelo de otra forma, por favor». El mecanismo estaba más o menos claro, aunque a veces se confundían, o había excepciones y todos se asustaban, ya que esa anomalía de su padre colindaba con la locura.

A su abuelo se le notaba todo el tiempo y en cada movimiento que tenía vergüenza de su hijo. No había manera de que un solo gesto de él no denotara desprecio, que tal vez no era desprecio, sino rabia y tristeza disimuladas. Desde que en su padre se había desatado la enfermedad, el abuelo, que no toleraba la desobediencia, soportaba aún menos no husmearla en el ambiente cuando de su padre se trataba, y la mansedumbre con la que éste actuaba todo el tiempo, la imbecilidad que desplegaba con su sola presencia, constituía una afrenta permanente, por no hablar de las escasas veces en que se le ocurría decir algo. Chi-Huei jamás había escuchado al abuelo contestar a una sola de las observaciones de su padre, que se quedaban vibrando en el aire de forma bochornosa. Según su madre, aquella ignorancia ya existía antes de que a su padre le hubiesen metido en la cárcel, pues el abuelo, desde que su padre era muy pequeño, había tratado por todos los medios de que siguiera sus pasos. Su padre, también desde muy pequeño, había consagrado su vida a hacer lo contrario de lo que el abuelo quería, hasta que lo metieron en la cárcel y se había dejado devorar por su extraño miedo, por su rara parálisis, que no afectaba en absoluto a su razonamiento, aunque sí a su relación con el mundo. Decía su madre que si el abuelo hubiese sido de otra manera, su padre no habría tenido necesidad alguna de meterse en líos. Para su madre, la opción de su padre había sido algo secundario y dependiente de la rabia contra el abuelo, y aquella rabia los había acabado perdiendo a los dos. También especulaba en sentido contrario, a saber: no era el deseo de realización hacia una dirección concreta el motivo del desprecio del abuelo, sino una satisfacción, una realización plena de un odio contra su hijo que pugnaba por aniquilarlo; un odio que todavía perduraba, puesto que su padre aún estaba vivo. Este odio se estaba satisfaciendo de manera indirecta, para que el abuelo no tuviera que cargar con un hijo muerto sobre su conciencia. Por eso, decía su madre, el restaurante no estaba a nombre de su padre. Sin embargo, añadía, esta segunda opción resultaba demasiado terrorífica, y a través de ella no podían explicarse ciertas cosas, así que era mejor desecharla.

A pesar de que el abuelo pensaba que su padre se había convertido en un deficiente, su padre razonaba a la perfección y hacía las cosas tal y como las habría hecho de todas formas, si no hubiese ido a la cárcel y no lo hubiesen torturado y hubiese desarrollado la tara de no ser capaz de afrontar decisiones, que lo cortocircuitaban por entero pero sólo con relación a lo que se le planteaba, si bien era difícil funcionar así cotidianamente, y el abuelo no estaba dispuesto a hacer demasiados esfuerzos. Su hermano y él hablaban a menudo con su padre en español, pues su padre era capaz de afrontar cualquier cosa en la nueva lengua, razón por la cual había aprendido de manera notable el idioma, a diferencia de su abuelo, su madre y la abuelastra, quienes sabían las palabras justas para funcionar económicamente, y que confiaban en su hermano o en él cada vez que se veían desbordados por algún imprevisto. Al abuelo no le gustaba escucharles hablar español con su padre, y cuando le decían que podía afrontar las cosas en el nuevo idioma no les creía, o gritaba que le daba igual, puesto que sus preguntas lo convertían en un tonto. Lo decía sin convicción, pues aquello de que su padre se transformara por completo en español superaba la capacidad de comprensión del abuelo. Por otro lado, el abuelo no se planteaba jamás qué responsabilidad tenía él en la pérdida de las capacidades de su hijo. Para él sólo existía la responsabilidad de su hijo ante él, que era el padre, por haberlas perdido. La verdad es que su padre, aunque no hubiese perdido verdaderamente sus capacidades, la mayor parte del tiempo parecía ido, si bien a mediodía y por las noches, cuando llegaban las manadas de clientes, demostraba la máxima efectividad, y Chi-Huei estaba seguro no sólo de que jamás un solo cliente había dudado de sus capacidades, sino de que el abuelo y también su madre lo observaban. Aquellos dos comportamientos antitéticos, el de la inanidad absoluta frente a la familia y el de la máxima aplicación con el negocio, se sucedían en él de manera increíble y sin que nadie se preguntara por aquel misterio, excepto su hermano y él.

A Chi-Huei y a su padre les otorgaba una gran libertad el que los entendieran sólo a medias, a pesar de que no hablaran de nada que tuviera una relación directa con la familia, pues a su padre le incomodaba que Chi-Huei le pusiera en la tesitura de tener que evaluar la situación. Esta libertad había permitido que su padre y él entablaran una comunicación que nada tenía que ver con la que mantenía con su madre, quien, a pesar de no llevarse bien con el abuelo, compartía con él todas las ambiciones y propósitos que los mantenían a flote en España. La energía que su madre y su abuelo desplegaban para la consecución de sus objetivos era tan brutal que los asfixiaba, y Chi-Huei encontró un aliado en la falta de energía de su padre, que se había desplomado sobre un presente absoluto en el que no cabían los juicios de valor sobre la conducta de nadie, y sí en cambio sobre los objetos o sobre cualquier otra cosa que permaneciera siempre aislada de posteriores implicaciones. Su padre, de una forma a veces consciente, y la mayor parte de las veces inconsciente y animal, no se quería ver envuelto en nada, pulsión esta que lo llevaba a la muerte, y que luchaba con su deseo de vida, que se había agarrado a las cosas concretas, a aquellas que se circunscribían al instante y luego desaparecían, o que se quedaban sin más efecto que el de su propia permanencia. Así sucedía con los objetos que le provocaban curiosidad y con los comportamientos estrambóticos de algunos clientes, que observaba con humor, y por supuesto con sus hijos, que no le enturbiaban, que eran meros espectadores cuya posición aún no estaba definida. Y ahí donde lo estaba, se inclinaba de su parte. Sus hijos, sobre todo Chi-Huei, no tenían memoria de lo que él era antes de la cárcel, pues ya cuando había ido a recogerlo a casa de la vieja (y fue una idea del abuelo el que fuera a China para ver si con el shock recuperaba su antigua prestancia, a pesar de que habían tenido que conseguir un *permiso especial* y de que no estaban seguros de que no lo fueran a detener) la enfermedad había comenzado a hacerse presente. La transfiguración de su padre cuando hablaba en español no era, por supuesto, total, aunque sí notable, pues se sentía libre de poder decir casi cualquier cosa, ya que ni su madre ni el abuelo solían entenderle, y además el nuevo idioma le abría una posibilidad desconocida con respecto a sí mismo; una nueva identidad que, para no acabar en una total esquizofrenia, no acababa de soltarse de la otra. Chi-Huei no sabía en qué momento comenzó a hablar con su padre en español, y luego se les unió su hermano, y a ambos les pareció milagroso que su padre no se cortocircuitara cuando le hacían una pregunta, y aquel milagro desembocó en una nueva decepción cuando se dieron cuenta de que, a pesar de que se abría una puerta para recuperar a su padre a cierta normalidad, ni su madre ni el abuelo hicieron el menor esfuerzo por aprender más español del que sabían, como si en resumidas cuentas les bastara con lo que había quedado convertido su padre; como si sus quejas fueran la excusa de algo terrible, una forma de quitarse el mal de conciencia, pues ya a esas alturas para su madre su padre no significaba gran cosa, y para su abuelo, tal y como aventuraba su madre, tal vez jamás había significado nada más que su deseo de aniquilarlo. Por otra parte, si su madre y su abuelo hubiesen aprendido más español para acceder a su padre, ¿no se habría vuelto éste a cerrar? ¿No dependía la libertad de su padre de que ni su madre ni el abuelo lo entendieran? Su madre se comunicaba con su padre con frases breves e informativas: «Ha llegado la factura del gas», «Hay que ir a comprar más barriles de cerveza», «Se ha desatornillado la bisagra de la puerta derecha del aparador». Su abuelo jamás se comunicaba con su padre directamente, sino a través de ellos. «Dile a tu padre –le decía a Chi-Huei delante de su padre–, que repase el inventario del almacén.»

LA REFORMA

Las cabezas de unos dragones les sonreían, abriendo sus fauces de blanca pintura, desde un escaparate parecido al de un concesionario, que el señor Wong les mostraba amablemente a aquella hora tan temprana. En realidad los dragones no sonreían en absoluto, aunque a Chi-Huei le parecía que tenían una expresión simpática. El señor Wong había encendido unas luces de neón, blancas como las de las grandes superficies, que esparcían una enorme cortina luminosa sobre el suelo asfaltado del inmenso sótano, parecido a un parking. Escaparates semejantes al que ahora estaba encendido se adivinaban en frente y más lejos, en la húmeda penumbra de la que, decía el señor Wong, todos aquellos objetos emergían gracias a un ascensor en el que cabía una furgoneta. Podían cargar la furgoneta de plomo, y el ascensor no se derrumbaría. Estaban ansiosos por recorrer el almacén, donde se apilaban decenas de budas de todos los tamaños, columnas, biombos y farolillos que colgaban graciosamente de unos muelles, y apenas lo escuchaban.

La verdad es que todo era raro, empezando por las estrechas escaleras que habían tenido que bajar, situadas al lado de una boca de metro, y que parecían las de un aparcamiento subterráneo. Las escaleras desembocaban en un pasaje donde había un gran mercado chino. El abuelo había ido rezongando; venía todas la semanas al mercado, y dijo que todo allí era demasiado caro, lo cual les dio ya una idea de cuál era su humor ante la posible compra de cachivaches para el futuro restaurante. Luego habían bajado en ascensor al Sótano 2 (así rezaba el rótulo), que era un parking, y su madre y el abuelo hablaron bajito sobre de qué manera habrían conseguido comprar un parking entero para llenarlo de naves donde se comerciaba al por mayor, aunque tampoco estaban demasiado seguros de que el proyecto inicial para el Sótano 2 hubiese sido hacer un parking. Pero si no iba a ser un parking, dijo su madre, ¿qué era?

Ya en el interior del almacén, su hermano y él daban vueltas. El señor Wong pasaba las hojas de un catálogo, y hablaba de fachadas simples y de fachadas más complejas, por las cuales, como muy bien sabían, podían subir el precio de la comida. El señor Wong había estado hacía un par de días visitando el local, tomando medidas de la puerta y de los escaparates, y recomendándoles cuadrillas de albañiles que trabajaban habitualmente con chinos, y también pintores, que les harían un precio más que razonable. Ellos, sin embargo, habían pensado pintar el local solos, detalle que no le dieron al señor Wong, cuyos precios sobre las cuadrillas de albañiles les había animado a hacer una visita al almacén. Aún no tenían una idea definida del aspecto que habría de tener el restaurante; ni siquiera sabían qué harían con las máquinas de asar pollos. Si conservaban el asador, se les abría una perspectiva suculenta de negocio, aunque por otra parte podían verse desbordados de trabajo. Su madre y el abuelo llevaban meses discutiendo interminablemente sobre las máquinas de asar pollos, la conveniencia de contratar a alguien y si había que dejar el exterior tal y como estaba. Este último asunto era el punto neurálgico de la discusión. Tenían que tomar una decisión ya, y el señor Wong sin duda se aprovechaba de ello en este momento, repitiéndoles una y otra vez, mientras pasaba las páginas del catálogo, que contratándolo todo la factura final salía muy económica.

–Su local es perfecto –decía el comerciante- como gran salón, y para ello no hay nada mejor que cubrir los cristales con celosías, lo que les ahorrará tener que cambiarlos. Tienen una fachada ideal para poner una marquesina con el nombre del restaurante en letras grandes, o si lo desean pueden colocar en la entrada un tejadillo, y también columnas, que salen muy económicas. Contratando cualquier modalidad de las que les he enseñado, tienen un descuento de hasta el 50 por ciento en muebles de calidad, y también en ornamentos para el interior. Y los farolillos, hasta diez, salen gratis. No van a encontrar nada mejor en toda la ciudad.

Su madre y el abuelo se miraban, vacilantes, y también miraban la cantidad de ornamentos que había por todo el almacén, desde cuadros con grandes lagos y otros motivos tradicionales hasta flores gigantescas que despedían un olor parecido al del ambipur que tenían en su coche, sólo que diez veces más embriagador y mareante. Era fácil imaginar, por la perplejidad algo lasciva de sus rostros, sobre todo el del abuelo, que estaban empezando a barajar seriamente lo de hacer una gran reforma, aunque por otra parte era obvio que sentían una profunda desconfianza hacia las palabras del comerciante, pues su madre y el abuelo sentían por norma una desconfianza general. La voz de su abuelo se abrió paso desde esta falla de perplejidad, de la profunda contradicción entre la desconfianza y las posibilidades que ya empezaba a acariciar, y que surgían todas de lo que él creía una gran mentira.

–Nosotros no pensamos en términos de gran inversión –dijo–. Lo que pretendemos es gastar lo mínimo.

–Si lo consideran bien –replicó el comerciante–, poner un buen restaurante permite subir los precios, lo que a la larga significa un beneficio mayor, además de ahorrarse posteriores reparaciones. Y no les hará falta, para su negocio de pollos, que desde fuera se anuncie, ya que cuentan con una clientela habitual, y además hacen reparto de publicidad y de comida a domicilio.

La elegancia y la seguridad del señor Wong era un argumento de peso, que los sumía aún más en esa confusión extraña y nueva. Aceptaron la invitación del comerciante a ver detenidamente la mercancía, que sin duda debía terminar por convencerlos, y al igual que su hermano y él, comenzaron a dar vueltas por el almacén, deteniéndose largo rato donde el señor Wong les indicaban para que comprobasen la calidad de los materiales.

Chi-Huei estaba atento a los más mínimos pormenores, especialmente los que incumbían a los rostros de su madre y de su abuelo, donde se evidenciaba todo el tiempo y de manera transparente qué pasaba por la cabeza de cada uno. Sus expectativas se estaban viendo defraudadas en un sentido que jamás habría imaginado. Durante todo aquel tiempo, y cada vez que su familia hablaba de la reforma del local, había soñado con que éste quedara igual que el de Cho, donde iba con su hermano algunos domingos por la tarde. Cho tenía un flamante salón con las paredes cubiertas de paneles rojos, molduras cantonesas entre la pared y el techo, y una cornisa dorada sobre la puerta. También tenía todo tipo de cuadros que él era capaz de mirar durante largo rato hasta sentirse *dentro*. En realidad, no era tanto aquella fastuosidad algo kitsch lo que añoraba cuanto un espacio nuevo y reluciente, que había asociado a un cambio en su propio estatus. Sus amigos, que cada vez que pasaban por su destartalado asador se reían de puro asco, habrían de callarse, e incluso sentirían curiosidad, y hasta admiración, cuando hubieran hecho las obras y hubiesen pasado a ser un restaurante chino normal y corriente. Por otra parte, no sólo se trataba de la vergüenza, sino de algo más sutil. Tenía la esperanza de una ligereza imprecisa, como si cierta desesperación cotidiana o exasperación que le provocaba el lugar mismo, o tener que pasar tantas horas en él (en realidad no sabía exactamente en qué radicaba aquel fastidio) fuera a esfumarse para siempre; como si el espacio que imaginaba fuera a volatilizar algo que odiaba, algo que todo el tiempo le pesaba, indefinido, que no era ni su padre, ni su madre, ni su abuelo ni la abuelastra, y que le destruía. Tal vez lo que esperaba en el fondo fuera un gran cambio, algo por completo irreal e inimaginable, mucho mejor que la sensación de deslizarse hacia un espacio misterioso y límpido, como el restaurante de Cho. Sin embargo, ahora que su madre y su abuelo estaban a punto de contratar una reforma entera, y que por tanto debía sentirse ilusionado, sólo experimentaba una profunda indiferencia.

LA BASE DE OPERACIONES

La primera tarde del principio del fin de su niñez, o de su preadolescencia, Chi-Huei la recuerda perfectamente, pues había quedado con Sara para fumar un cigarro en el almacén de su abuelo, que en verdad era una antigua portería con una ventana que daba a la calle. El sábado pasado Sara le había contado lo de la masturbación y él se había quedado callado; luego le había hecho una pregunta, y de nuevo el silencio, un silencio espeso y bochornoso que, mientras esperaba, parecía arrebolarse en las esquinas, en las ramas sin hojas de los árboles y por debajo de los coches aparcados, algunos sumidos en el abandono, con los cristales rotos y cartones y bolsas que dejaban allí los mendigos para pasar las noches de frío. De alguna manera, Sara había esperado encontrarse con un hombrecito. Ahora quería demostrarle que estaba a la altura, y la invitación a cigarrillos en el almacén formaba parte de esa decisión.

Ignoraba qué había pretendido Sara con aquella confesión. Estaban sentados en un banco, y ella empezó preguntándole si se acordaba de cuando eran pequeños y la había visto desnuda. Él negó: no se acordaba de haberla visto jamás desnuda. Sara entonces le contó el episodio: era una tarde de domingo, ella venía con sus padres de la playa, y salió en bikini y llena de sal del coche. Se puso a esperar tranquilamente en la calle a que sus padres recogieran las toallas y las sombrillas del maletero cuando por la esquina aparecieron él y Julia. Antes de que le diera tiempo a saludarlos la sorprendió un grito, seguido de risas mezcladas con vergüenza. Él la señalaba, y luego se tapaba la cara. Ella no se había dado cuenta de que la parte de abajo del bikini, sujetada a la cadera por dos precarios lazos, se le había caído, y Chi-Huei tuvo que acercarse más y señalarle el sexo para que se cubriera de rubor.

–Es divertido –le dijo Chi-Huei, un poco turbado.

Nada más decirlo, se sintió estúpido; era obvio que Sara no le había recordado el episodio por matar el rato con una anécdota entretenida, ni se trataba de un eslabón más de la cadena de confesiones en la que, desde hacía seis meses, toda la pandilla estaba inmersa; unas confesiones donde el sexo, esa tarea excitante y banal, era el tema estrella. Había además algo extraño y desesperado en la voz de Sara, que parecía no pertenecerle, y también en el hecho de que le hubiera contado aquello a solas, sin la compañía de Julia. Chi-Huei clavó la vista en el suelo. Sentía una angustia que era como un páramo creciendo ahí, frente a ellos, en mitad de la calle.

Ya de noche, siguió diciendo Sara, en su habitación, se quitó los pantalones del pijama y estuvo mirándose en el espejo del armario, esperando que la visión de la rajita le procurara una excitación parecida a la de cuando él la había señalado. Se miró de frente, por detrás; se sentó en el suelo y separó los labios, volvió a ponerse de pie y alzó todo lo que pudo la pierna para obtener una perspectiva de perfil. Nada. Sólo al meterse en la cama y apagar la luz, volvió a estremecerse con el recuerdo del dedo de él acercándose a su sexo.

Aquella lejana noche, continuó Sara, y las que siguieron, fue como tener el rollo de una película en el interior de su cabeza; un rollo donde cada secuencia producía una sensación precisa y mecánica. Primero estaba su dedo apuntándola de lejos, y luego ese dedo iba acercándose, y conforme se aproximaba aumentaba el placer. Podía ir hacia atrás y hacer que el dedo se retirara, y de inmediato se quedaba otra vez tranquila, hasta que apretaba de nuevo el play y el dedo inundaba de calor su estómago. Al cabo de unas horas había llegado a un manejo absoluto de la técnica: era capaz de detener el dedo largo tiempo muy cerca y lograr un éxtasis continuo, tan continuo que se tornaba insoportable, obligándola a alejarlo, aunque a cámara lenta, para notar en todas y cada una de sus terminaciones nerviosas cómo la excitación disminuía hasta estancarse y después, cuando lo atraía hacia aquella parte recóndita, tan morosamente como lo había apartado, volver a dejarse invadir por el goce, que la elevaba como si estuviera ascendiendo una montaña, o más bien como si le hubiese brotado una montaña dentro.

Llegado a este punto, Sara se calló. Él estaba rojo como un tomate, y con la impresión abismal de que todo era posible. Era posible que Sara se le tirara encima, o que él se tirara encima de Sara. Era posible que estuviese dando por descabellado (es decir, más allá de todos los límites, que eran los de la pandilla, y los de la edad, y lo que la pandilla y la edad calificaban como «normal»), lo que en realidad resultaba hasta cierto punto natural, puesto que conocía a Sara desde los siete años, y desde los siete años se lo habían contado casi todo, o eso le parecía, aunque ahora había dejado de estar seguro. Era posible que acabara de desenamorarse, y también que se hubiese enamorado más aún. Era posible, en fin, que Sara estuviera loca. Sara se puso en pie y le dijo:

–No te hagas ilusiones: es como si tú y el de mi fantasía fuerais dos personas distintas. Tú no me gustas.

Él la miró, desolado. Sara añadió:

–Perdóname, pero es que tenía que decírtelo.

–¿Para qué tenías que decírmelo?

En vano había esperado aquella semana que Sara se conectara al Messenger o le enviara algún e-mail. Peor aún había sido que no saliera al balcón para decirle alguna chorrada. Todos los días, antes de que él se metiera en la trastienda a hacer sus deberes, Sara se asomaba y compartían algún cotilleo sobre la pandilla, y la falta de aquel ritual cotidiano se le antojaba desesperantemente dolorosa. De repente, y de una manera absurda y dramática, le parecía que nada les había unido tanto como esta comunicación diaria, semejante a un secreto por más que siempre se dijeran lo mismo. El dolor, el deseo de ser tan apetitoso como el Chi-Huei fantasma y el resentimiento se alternaban sin mezclarse, y eso complicaba las cosas. Por supuesto, ni se le había pasado por la cabeza cruzar la calle y plantarse en su casa. Jamás había visitado a su amiga entre semana, y traspasar ahora ese umbral era exponerse demasiado.

Sara apareció por la esquina y él le hizo una señal. Venía de la academia de dibujo, y llegó con un radiante «¿Qué tal?». El almacén estaba justo en la entrada del barrio viejo, en un edificio de cuatro plantas sin ascensor donde sólo vivían ancianos que apenas salían a la calle. Se trataba de una habitación amplia con un baño, que todavía conservaba el interfono que había servido al portero para comunicarse con los vecinos, y que lucía en mitad del techo, y en buena parte de las paredes, gruesas manchas de humedad. Para evitar que los alimentos se llenaran de moho, Chi-Huei y su hermano los apilaban en el centro de la estancia, formando un rectángulo colorido y desigual, por lo que el espacio había quedado reducido a un pasillo que rodeaba la comida. Al franquear el umbral, lo primero que hizo fue sacar de la pila un paquete de algas secas y ofrecérselo a Sara. «Son muy nutritivas», dijo. Sara cogió un trozo de alga y se la comió con gestos de asco, diciendo que el sabor era el mismo que el de la comida para tortugas. Luego se sentaron al fondo de la habitación y fumaron sin saber qué más decirse; cuando terminaron, Chi-Huei se puso en pie y se arrimó a la ventana, buscando la sensación de espacio que le daba aquella franja de calle, con la tienda de ultramarinos al frente, la luz que llegaba desvaída por encima de los edificios y algunos coches aparcados allí para la eternidad. La situación era tan incómoda como trivial, y todas las ganas de demostrar no sabía exactamente qué se le habían acumulado en las manos, que le temblaban. Sara comenzó a dar vueltas alrededor de la pila mirando las etiquetas, que en su mayoría estaban en chino; las formas y los colores de los alimentos. Al cabo de un rato, retomando un viejo juego, dijo:

–¿Qué es esto?

Él le lanzó una mirada torva; no tenía ganas de jugar. Sin embargo, respondió:

–Descríbemelo.

–Color beige.

–¿Y qué más?

–Nada más por el momento –contestó Sara–: todo de color beige.

–Tofu.

–Verde -volvió a decir Sara.

–Algas.

–No son algas. Es verde, amarillo y negro.

–¿Verde, amarillo y negro? Estás haciendo trampa.

–No estoy haciendo trampa. Te doy una pista buena: hay una casa. Y el amarillo es de la casa, y se ven flores.

–Me rindo.

–No te rindas. Te doy otra pista de las buenas: «Heaven».

–Para ya. No pienso contestarte. No he venido aquí a hacer más el capullo.

–Te doy otra: la casa no es una casa. Es el templo del cielo.

–Para.

–Y además es special.

–Si no lo dejas voy a pegarte. Te lo digo en serio.

–Y gunpowder.

–Por favor.

–Y tiene poids net quinientos gramos.

–Vete a tomar por el culo.

–¿Quieres saber qué es?

–Me importa una mierda.

–Es té verde, gilipollas.

Estaban muy cerca, tensos; mientras sacaba un cigarro del paquete de Winston que había robado antes de comer de la máquina del restaurante, Chi-Huei soltó:

–¿Por qué me contaste aquello?

–¿El qué? –le respondió Sara con una naturalidad aplastante, y desde luego sin darse por aludida. Incluso había desaparecido de su rostro el conato de enfado.

–Pues aquello.

–No sé a qué te refieres.

–Sí lo sabes. ¿Por qué no te has asomado esta semana al balcón, si no? Te daba vergüenza.

–Me he apuntado a clases de inglés y no salgo hasta las siete –dijo Sara, igual de sincera y tranquila que antes–. ¿Qué te pasa? ¿De qué me iba a dar vergüenza?

Chi-Huei alucinaba. ¿Sara era idiota o es que tenía problemas de memoria?

–La verdad es que prefiero que te hayas apuntado a inglés y que no salgas más al balcón. Además, no quiero que me toques. Tus manos me dan asco –le dijo, cruel al principio, aunque serio y respetuoso, como si estuviera haciendo un discurso de pedida pero al revés, al final.

Chi-Huei obtuvo apenas un placer mezquino de las quejas de Sara. Cuando salieron a la calle, una rara tristeza caía sobre los árboles primaverales y las farolas encendidas, y daba la impresión de que, a partir de aquel momento, todo iba a resolverse de aquella manera entre sucia y anodina.

EL ALMACÉN

El abuelo había comprado el almacén con parte del dinero que no se habían gastado en la reforma, y cada vez que iba, Chi-Huei tenía la impresión de que los cuatro pisos ruinosos que convergían hacia abajo acabarían aplastándolo de una manera que no se le antojaba del todo desagradable. Cuando cumplió trece años, comenzó a hacer de aquel habitáculo su base de operaciones, y los fines de semana llevaba a allí a sus amigos del barrio a dar tragos de whisky. El lugar le llenaba de un extraño orgullo. Casi siempre quedaban los viernes y los sábados a las seis, pues él tenía que recogerse a las nueve para trabajar en la cocina, y lo primero que hacían era fumar un par de cigarros seguidos, como si necesitaran saturarse de nicotina y alquitrán para aguantar hasta la vez siguiente, aunque lo cierto era que ninguno tenía ganas de fumar hasta que no llegaba el viernes por la tarde y caminaban hacia el almacén con algo parecido al mono. Luego se pasaban una botella de whisky, de la que bebían taponcitos hasta emborracharse, a veces hasta vomitar, si bien Chi-Huei procuraba racionar el alcohol para que la desaparición de botellas no fuera ostentosa. Comían Cheetos, pipas, quicos y otras guarrerías que Julia cogía del kiosco, y seguían fumando hasta que les dolía la garganta. Hablaban de ellos, de sus virtudes y de sus defectos, de lo que cada uno iba a ser de mayor, de cómo se imaginaban los unos a los otros dentro de diez o de veinte años, de si seguirían siendo amigos y viviendo en la misma ciudad, de los viajes que harían, aunque a veces no se iban tan lejos y sencillamente hablaban de lo que pensaban hacer el año que viene, y entonces los planes eran mucho más concretos y se ponían mucho más nerviosos, pues ya se veían visitando las discotecas de la costa. También hablaban de películas y series, de actores y de actrices, de vídeos colgados en Internet y de blogs, de libros, o leían revistas de música, o miraban cómics que él le robaba a su hermano. Se sentían atractivos y proyectados hacia un futuro donde lo serían aún más, y no les molestaba demasiado tener que estar sentados en una pequeña franja de pasillo, viendo sólo el techo de la portería, la enorme pila de alimentos y sus propios y excitados rostros, si bien, en ocasiones, y de forma infructuosa, intentaban desplazar la pila hacia un extremo. La pila, incólume, como si fuera un tótem, parecía observarlos con disgusto, desaprobando la presencia de Chi-Huei y de sus amigos en su territorio.

El bambú, envasado al vacío en paquetes de un kilo, ocupaba una de las filas del rectángulo, al lado de la soja germinada en conserva y de la soja sin germinar, seguido de la salsa de soja y de la salsa agridulce especial, que era de color naranja y no roja, como la que hacían en el restaurante. Tras la salsa agridulce venía la salsa picante de ciruelas, y después la salsa de ostras, y a continuación especias que su familia no se había llevado jamás a la cocina, pues su valor era meramente sentimental, como el polvo de cinco especias, la pimienta de Szechuan, el anís estrellado, la raíz de jengibre, los chiles secos, los cubos del loto, los brotes de azucena del tigre, la nuez moscada y las castañas secas. Había tres columnas enteras de sacos de arroz, y otras tres de distintos tipos de pasta, desde tallarines normales y corrientes hasta fideos chinos, y para acabar, en el lado del rectángulo que estaba frente a la ventana, lichis en almíbar, paquetes de algas secas y todo tipo de alcoholes. A veces Chi-Huei daba vueltas alrededor de aquellos alimentos que se sabía de memoria, y miraba la caja de quinientos gramos de té, y el templo del cielo y las flores amarillas sobre fondo negro, y entonces se acordaba del cielo de Y., y de los jardines de Y., donde tal vez no había jardines; y de los templos que jamás había visto de Y., y también, y sobre todo, de la vieja, y le parecía que los pasos cansinos que descendían desde los pisos superiores por las cañerías eran sus pisadas como de rapaz deslizándose por el suelo de madera, a sus espaldas; la planta de aquellos pies diminutos que venían del fondo de su memoria. La tristeza era insoportable, y como tenía que hacer algo con ella, le daba por empujar las tablas de madera sobre las que se erguía la mole de alimentos, o miraba a Sara, que siempre le sonreía, si bien, cuando estaba borracha, se quedaba junto a la ventana, a medias abstraída a medias atenta del exterior, con una suerte de urgencia, como si fuera a echar a correr por el barrio viejo. Él sabía que eran esas calles lo que llamaban su atención, más que su almacén y los cigarrillos y los chupitos de whisky. Sara les proponía todo el tiempo salir con la botella e internarse por el barrio, y aunque al principio les había parecido emocionante, pues desde siempre habían tenido prohibido deslizarse hacia aquellas oscuras callejas, al cabo de un mes todos se habían cansado de observar la cochambre, y la subida de adrenalina que les daba asomarse al barrio chino no era ni de lejos tan excitante como beber, contarse historias interminablemente o jugar, si las chicas querían, a beso, verdad y atrevimiento. El deseo provocado por los besos y las verdades a medias era en él violento cuando no estaban todos, cuando por ejemplo sólo habían podido salir Sara, Julia y él, pues con toda la pandilla había demasiado ruido y demasiada expectación para alcanzar algún tipo de excitación real. También a Sara parecía rondarle el deseo, pero de una forma vaga, diluido en la luz, y el olor y el murmullo que desprendían las fachadas desde la calle, que la hacían temblar levemente.

LA VIEJA

La verdad es que no recordaba de la tía ningún mal gesto, ningún rencor disimulado y ninguna energía enfermiza puesta en una actividad que no debía tener fin, como la de ellos en el restaurante, siendo que también las actividades de la vieja no tenían fin y no la dejaban descansar un solo momento. Sin embargo había en ella, a pesar de las similitudes, una satisfacción por el quehacer en sí mismo, una nobleza en sus anodinas ocupaciones, que no iban nunca dirigidas a otra cosa más que a su propia realización. Nadie detestaba más el no hacer que la vieja, pero se trataba de un amor por las cosas mismas y de un respeto hacia su propia finalidad en este mundo, la de ser una vieja que cumple con sus obligaciones, que la llenaban y la realizaban plenamente, frente a la desatada actividad del resto de su familia, cuyo trabajo era un medio para otra cosa que nunca llegaba, lo que provocaba un estado de crispación permanente, de insatisfacción permanente, amén de un mal disimulado hartazgo hacia las tareas del restaurante. No era suficiente con que el negocio fuera suyo; lo que importaba era para qué era suyo, y a pesar de que ansiaban con toda su alma ese para qué, ese ansiar con toda su alma los dejaba vacíos frente a las actividades mismas; ese ansiar era la medida misma de su vacío, y la rabia que desplegaban en la actividad no era más que un denodado e ilimitado esfuerzo para llegar al para qué, pues ellos, los pollos, la barra y los biombos estaban huérfanos de una finalidad en el presente. La diferencia entre ellos y la vieja era esa finalidad desplazada, ese horizonte de expectativas que no podían colmar, y que los convertía en máquinas deseantes de un deseo ajeno, pues cuando llegara el para qué, ¿de veras sentirían satisfacción? Si ese para qué era en verdad desconocido, ¿cómo podían poner en él las expectativas de todos? Pero en realidad no era esa satisfacción lo que buscaban, y Chi-Huei lo sabía, sino un tiempo donde estuvieran por completo seguros.

SU MADRE

–Ahora vas a escucharme bien –le dijo su madre, con un tono perentorio, definitivo, suavizado apenas por la voz baja, pues no quería que el abuelo la escuchara.

Ese tono odioso, lleno de amenazas y de inquina, le había estado persiguiendo desde que vivía con la vieja, haciéndole culpable de no sabía qué cosa, pues su madre lo desplegaba a todas horas y a propósito de cualquier nimiedad, a veces a propósito de nada: él era el cubo de basura adonde iba a parar la locura que los envolvía a todos. Su madre estaba ahora junto a la encimera; había soltado la paleta de remover los guisos, y le miraba con las aletas de la nariz vibrando, como tomando aire.

–¿Piensas que por haber crecido solo no perteneces a nadie? –continuó–. ¿Por qué crees que te cuidó la vieja, sino por el dinero que le enviábamos todos los meses? Cuando tu abuelo le dijo al inútil de tu padre que lo iba a hacer dueño de un negocio en este estúpido país, tu padre, que acababa de salir de la cárcel y que ya no podía hacer nada allí, ordenó que te quedaras en casa de la tía durante algunos meses, hasta que el negocio se pusiera en marcha y encontráramos casa. Pasados esos meses, el abuelo se negó a que fuéramos a por ti, porque no teníamos dinero y había que trabajar duro, y además era más barato que estuvieras en China. El abuelo dijo que no vendrías hasta que no tuvieras la edad de ser escolarizado, y que me olvidara de ir a visitarte porque eso era hacer un gasto absurdo. Lloré y supliqué, me encerré en la habitación amenazando con no volver a trabajar, pero lo único que me gané fue una paliza. Me dije entonces que si tú no podías estar aquí, tampoco estarías allí. Me daba cuenta de que si te decía todo el tiempo que ya sólo faltaban tres meses para ir a recogerte, desarrollarías el desapego a aquella casa y a la vieja, y estarías siempre a la expectativa. No quería que arraigaras, y eso lo hice por amor hacia ti. En cambio, esa vieja sólo te cuidó por dinero.

La historia era siempre la misma, detestable y asquerosamente parecida a la verdad, y Chi-Huei sentía el impulso de desobedecer, de hacer algo tan sonado que su madre perdiera la vida a fuerza de gritar. Sin embargo, sabía muy bien que su madre jamás habría gritado después de contarle la historia, sino que se habría vuelto mansa y dulce y con ganas de limpiarle la herida, y que por tanto le habría mirado sonriente, como en efecto ya estaba haciendo, ya le sonreía, sinceramente arrepentida de haberle dicho aquello (y no de su contenido, sino tan sólo de habérselo dicho), mientras él sólo le devolvía odio y silencio, y al instante siguiente odio y silencio atenuados, cada vez más atenuados conforme aceptaba la puesta en escena de su madre, que incluía una descarada autocompasión en esa sonrisa lánguida en la que le ofrecía su condición de víctima, una pena de sí misma a la que resultaba muy difícil sustraerse, puesto que era sincera. Su madre no podía aguantar su mirada de odio después de haberle soltado por milésima vez aquella repugnante historia, y él a su vez no era capaz de soportar el dolor que su mirada de odio producía en su madre, y se abalanzaba sobre ella de inmediato para abrazarla, y de esta forma su rabia permanecía continuamente desplazada. También esta vez se abalanzó con violencia para sentir entre sus brazos la fragilidad de su carne y sus huesos, y su rabia se desplazó hacia el momento que sin duda tenía que llegar.

Él jamás había sentido que la vieja lo hubiese cuidado mal, ni tampoco que su madre lo estuviese engañando a propósito del viaje, pues el viaje, a lo largo de aquellos tres larguísimos años en casa de la tía, siempre había existido, y además él no sabía nada de meses ni de semanas. Era un niño y vivía ajeno al tiempo. Mientras estuvo con la vieja, los días eran eternidades apacibles, y sólo la noche, con la inminencia del sueño, daba cierta sensación de finitud, y parecía que el viaje estuviera a la vuelta de la esquina. Únicamente entonces, y además porque su madre llamaba a esa hora para recordárselo, la perspectiva de volver con ella era palpable e inmediata, y además lo emocionaba, y por eso mismo, porque lo emocionaba y no tenía conciencia de mentira alguna, le preguntaba a veces a su madre, cuando estaban los dos aparentemente tranquilos, como ahora después del abrazo, por qué insistía en aquello, o incluso por qué se lo inventaba. Se lo preguntaba sin rodeos, mirándola fijamente a los ojos tal que en este instante, esperando una respuesta satisfactoria a esa necesidad no de subrayar que era ella la que lo había mantenido a la expectativa, lo cual era perfectamente comprensible, sino de destrozar con ello la fe en su pasado, donde no había mentira alguna. Su madre fruncía el ceño, a veces incluso divertida, como si Chi-Huei hubiese dicho un disparate o fuese la primera vez que oía aquello, y le decía, como por ejemplo ahora:

–Ya te he dicho millones de veces que fue tu abuelo el que fue postergando el viaje. La tía le había dicho que tu profesora estaba admirada de tu inteligencia, y el abuelo pensó que era bueno que te quedaras allí un tiempo más para aprender a escribir chino. El abuelo dijo primero que volverías a los cuatro años, pero entonces aún no habías aprendido nada, y entonces dijo que a los cinco y luego que por qué no a los seis, si todavía a esa edad ibas a ser capaz de aprender una nueva lengua sin esfuerzo. No soy yo la que se lo ha inventado.

Chi-Huei se exasperaba al escuchar semejante explicación que ya sabía, y que era verdad, y que no respondía a su pregunta, pues su pregunta era que por qué le decía que sólo faltaban tres meses para que fueran a recogerlo, o en cualquier caso muy poco tiempo, sabiendo que se postergaba de año en año, y encima ahora se lo recordaba; le recordaba que había mentido, introduciendo aquella mierda en su inocencia, pero ya estaba en aguas pantanosas, pues acababa de separar el contenido de la intención actual de su madre, en lugar de acorralar directamente la intención; ahora ya lo acababa de separar, y su madre se agarraba a esa brecha, y ya le estaba dando al contenido una intención ligeramente distinta: ella jamás había querido que perdiera ninguna fe en el pasado ni en los afectos del pasado, y le decía:

–Yo no te he dicho jamás eso de los tres meses. –Cuando acababa de gritárselo–. Digo tres meses como podría decirte seis. Es un ejemplo, ¿o es que no lo entiendes? ¿No entiendes lo que trato de decirte? ¿Por qué eres tan duro conmigo? ¿No ves que eso es una manera de hablar?

Siempre igual; ahora la culpa era de él, que no la entendía en absoluto cuando estaba fuera de sí, como si debiera permanecer impasible, con el dolor que le producía, ante cierta enajenación, o cierto derecho a alterar el discurso. El desplazamiento, sutil, era sin embargo tan poderoso que le resultaba imposible volver al punto de partida: por qué demonios tenía que introducir mierda en su pasado, aunque fuera verdad; por qué le tenía que hacer ver que el interés movía los hilos desde entonces. ¿Qué derecho tenía él a refutar una verdad? Ésa era ahora la posición inamovible de su madre.

Lo que su madre no podía soportar no tenía nada que ver con su pasado, al igual que la molestia que él sentía ante aquella mentira o verdad a medias o lo que fuera no tenía nada que ver con la intención pasada, sino con el presente, que era a su vez el objetivo de aquella repugnante historia que le contaba su madre. «Esa vieja sólo te cuidó por dinero» era lo que no podía tolerar; que su madre pusiera dinero donde no hubo dinero, es decir, interés donde sólo había amor desinteresado, mientras que, desde el preciso instante en que llegó, hacía ya diez años, todo se había basado en el interés. No podía tolerarlo porque su presente era odioso, y necesitaba para combatirlo de aquella otra parte como prueba irrefutable de que en su vida había existido el desinterés.

No obstante, llegado a este punto en el que debía confrontar con su madre la absorción que ésta pretendía hacer de su pasado para insertarlo en la órbita del dinero, que era lo mismo que decir la órbita familiar; llegado a este punto en el que debía echarle en cara que utilizara su pasado para acorralarlo y que tratara al mismo tiempo y por todos los medios de aniquilarlo al introducirlo en la órbita del dinero para demostrarle que no tenía fundamento, Chi-Huei se quedaba callado, y esta vez no había odio en su mirada, sino desdén. Su madre, que no podía soportar aquel desdén, no reaccionaba esta vez con autocompasión y mansedumbre, sino que se volvía rígida, sin ceder ni un ápice de terreno, pues aquel era el terreno en el que ella demostraba su amor a través del dinero; ella había demostrado su amor a través del sacrificio, del trabajo diario por él, del ahorro diario por él, y no estaba dispuesta a tolerar aquel desdén hacia su sacrificio, su trabajo y, en definitiva, su dinero, y Chi-Huei no decía nada porque entendía aquel amor y al mismo tiempo no podía aceptarlo, y su desdén por el dinero era parecido a la falta de amor, y en efecto la mayor parte del tiempo los odiaba.

Por supuesto que la vieja se había hecho cargo de él por dinero, o que en cualquier caso había decidido por supuesto al principio que sí, que le venía bien el dinero, pero luego su relación no había tenido nada que ver con él, y lo habría seguido cuidando igualmente. Sin embargo, sí había sido por dinero por lo que su familia lo había dejado en China; había sido exactamente, tal y como decía su madre, porque necesitaban manos en el negocio, las manos de su madre para no contratar a nadie, y no pensaba en ello con inquina; al fin y al cabo ese dinero proporcionado por las manos de su madre en el negocio y por lo barato que era mantenerlo a él en China era amor hacia él, y por eso habían trabajado y trabajaban; trabajaban todo el día por el dinero-amor de su futuro, y eso él lo podía entender perfectamente a pesar de que detestara el restaurante y aquella pasión dineraria, pues la verdad es que ya tenían suficiente dinero. No, lo que le revolvía era la vuelta de aquel argumento, que su madre le dijera que la vieja sólo lo había cuidado por dinero cuando era palmariamente mentira, pues los que vivían por y para el dinero eran su madre, su padre, su abuelo y su abuelastra; todos los días de su vida desde que había llegado habían sido un canto al trabajo, al dinero, a la eficiencia; un canto que él debía entonar a través de sus notas excelentes en el colegio y de su ayuda en la cocina y de las aspiraciones que debía tener en el futuro gracias a lo que ganaban para él con todo el amor y la buena fe de que su deber era ese y no otro, el del restaurante-asador en el que todos producían por unas aspiraciones que no eran suyas y que por puro asco eran todo lo contrario, sin que pudiera especificar qué era aquello contrario. No, la vieja, a pesar de que recibiera dinero todos los meses, y de que se hubiera avenido a cuidarlo, jamás se comportaba acorde con el dinero, jamás se comportaba como si él fuera futuro dinero con el que colmar unas enloquecidas aspiraciones, y no quería matizar, no estaba en la edad de matizar nada.

Sin embargo, y aunque no quisiera matizar, sabía que estaba simplificándolo todo, y que por ello su postura era débil, y que con los primeros argumentos de su madre, que conocía perfectamente cuáles eran las causas de su desdén, todo se iría al garete. Ellos no eran ejemplo de nada, pero él los estaba acusando a todos sin ir hasta el fondo de la cuestión y con la pretensión de sí, ja, ser él un ejemplo, ja, ja, ja, de ser un ejemplo sin haber ido al fondo de la cuestión, pero nadie era ejemplar acusando; nadie lo era con aquella ceguera; menudo ejemplo era él, que los acusaba sin comprender nada, sin hacer nada, más que enarbolar su desdén.

Y entonces volvía al principio para desmontar una por una sus acusaciones e ir al fondo de la cuestión. Así, en primer lugar, ¿cómo se atrevía a decir que estaba destrozando la fe en su pasado? ¿Quién, durante todos aquellos años, se había encargado de llamar a la vieja todos los domingos por puro desinterés, para cuidar aquel vínculo afectivo, por respeto a aquel vínculo afectivo que ya no servía para nada (y aquí, añadía su madre, estoy hablando desde tu terreno; estoy utilizando tus palabras), sino ella? ¿Cómo era capaz, sabiendo que aquello lo decía porque estaba enfadada, de agarrarse a aquella afirmación parcial, que además apuntaba a una verdad aunque a él no le gustase? ¿Cómo podía totalizarlo todo a través de una única afirmación proferida desde el enfado? Además, y en segundo término, qué fácil era para él decir que la vieja se había comportado con desinterés y no querer ver lo sencillo que era actuar así cuando no había que lidiar con ningún futuro, ¿no?, cuando no era ella la que tenía que preocuparse porque el día de mañana tuviera una educación, un trabajo, una seguridad económica, una estabilidad material sin la que no era posible, sencillamente, vivir. Ella no había elegido aquel orden de cosas, que además estaba por todas partes, y suerte tenían de que el negocio fuera de ellos, pues si se hubiesen quedado en China habría sido peor, mucho peor que aquí, donde de todos modos eran chinos y no podían permitirse bajar la guardia precisamente por eso, porque para un extranjero la posición, la seguridad y los bienes costaban más trabajo y más dinero.

Su madre tenía razón, pero eso no cambiaba el asco de levantarse día tras día para ir al instituto y aplicarse tres veces más de lo que se les exigía al resto de sus compañeros, de llegar luego al restaurante y seguir aplicándose en sus tareas, y los fines de semana tener que trabajar y oír las constantes conversaciones sobre los manteles, la comida, el servicio, las propinas, las horas a las que estaban abiertos los otros restaurantes en comparación con el de ellos, que siempre estaba más abierto, y más lleno, y tenía más ofertas y además funcionaba como asador de pollos, lo que aseguraba una clientela extra. A pesar de que su madre le dijera que era mentira que sus vidas giraran siempre en torno al restaurante, y al dinero que ganaban y a lo que había que hacer, a lo que era preciso hacer para no ser nadie (y nadie, ¿dónde?, ¿aquí?, ¿en China?, ¿en lo que una abstracción de congéneres chinos pensaría al verlos triunfar?, ¿con quién se comparaban?); a pesar de que su madre decía que era mentira que durante todo el tiempo fuera así, y que se hablaba de otras cosas, y que además siempre le habían dejado, desde que era pequeño, salir a jugar, y ahora podía pasar un rato por las tardes con sus amigos del barrio como cualquier otro chico, Chi-Huei replicaba que aquellas concesiones jamás eran gratis, sino que estaban condicionadas por el cumplimiento del deber, de tal manera que él tenía que sentirse culpable y al mismo tiempo agradecido por su tiempo libre, es decir, que no había ni una sola parcela de su vida que no estuviera condicionada por ese cumplimiento. Su madre tenía razón, en cualquier caso, y la rabia que sentía ante su situación la llevaba a interpretarla con rigidez, pues así era fácil responsabilizarla sin atenerse a las circunstancias, de las que era tan víctima como él. Y lo peor de todo, lo más burdo e infame, era que él se permitiera decir que los comprendía, que entendía la forma de su amor para, a través de la comprensión, quitarse el mal de conciencia y hacer más profunda su acusación. Semejante miseria era todo lo que había detrás de su desdén, decía siempre su madre, dijo ahora su madre con toda razón, y Chi-Huei enrojeció, y se sintió avergonzado, y sin embargo sólo fue capaz de responder:

–No te tomes entonces mi desdén como dirigido a ti. –Hosco, pues aun comprendiéndola, se negaba a aceptar aquella histeria absoluta, aquella codicia familiar volcada en él que estaba llena de buenas y razonables intenciones.

–Así que lo único que tienes que decirme después de todo es eso, que no me tome tu desdén como algo personal. Te crees que soy la representante de algo –le dijo su madre, y su voz denotaba una profunda decepción, una profunda derrota, y de nuevo Chi-Huei quiso abrazarla para sentir la absoluta fragilidad de sus huesos y de su carne, pero ya habían llegado demasiado lejos en la incomprensión mutua, y era amargo y también triste saberse despreciado.

LA ORILLA

Contra el olvido nos queda la memoria.

GEORGES PEREC

1

Un día voy caminando mientras aprieto en la mano el dinero que mi madre me ha dado para comprarme un bolsito de Hello Kitty en la tienda de la esquina. No soy capaz de recordar si ese día es otoño o invierno, ni tampoco mi edad exacta. Lo que sí recuerdo es el color de las calles, de un gris radiante, y también el del cielo, tan habitualmente nublado y portentoso, como si estuviera a punto de descargar sobre la ciudad algún misterio lejano. El trazado del barrio donde vivo es ordenado y viejo, con manzanas de edificios que no son demasiado altos, con portales de hierro pesados para mis escasas fuerzas de niña, que aumentan la sensación de frío en invierno y de calor en verano, la leve inquietud que se apodera de mi cuerpo al atardecer, cuando todo comienza a quedarse desierto, y algo extraño hace su aparición, en la noche. El mundo entonces es oscuro e inmenso.

Pero estos recuerdos, en ese día en el que camino por la calle, tal vez son falsos, o cuanto menos todavía no están en mi cabeza; yo tan sólo avanzo pendiente de no perder el precioso dinero, ajena al inquietante velo con el que se reviste la ciudad a la caída del sol, a la densidad extraña que atraviesa mi infancia al ser recordada. Yo soy yo, antes de ser yo.

Estoy delgada y tengo las piernas un poco torcidas. Pongamos que ese día visto, al igual que otros muchos, unos leotardos de fantasía, una falda vaquera y una camiseta rosa. Mi madre no me deja que el pelo me alcance el pecho, y lo llevo recogido en una media coleta, con dos bucles cayéndome a ambos lados del rostro, de tez blanca y ojos grandes. Camino con los pies ligeramente hacia fuera, y de vez en cuando me miro en los escaparates y me imagino de mayor, apretando el paso de esta misma manera, y evidentemente guapa y segura, como las mujeres que salen en las películas. La tienda no está demasiado lejos, apenas siete portales más allá del mío, pero para mí ése es el límite del mundo. Fuera de ese límite tengo prohibido jugar, y todo lo más que hago es asomarme al otro lado, sin moverme de la línea imaginaria que un día mi padre me trazó con la punta del zapato, y que asumo, aunque con algunas licencias. Me tomo la libertad de concebirla como una goma muy elástica para así, cada vez que por descuido la traspaso, notar cómo me lleva hacia atrás desde la cintura. De esta manera puedo cruzarla un poquito de cuando en cuando evitándome los remordimientos.

Yo camino entonces hasta el límite de mi mundo. En esta ocasión, sólo pienso en el bolsito; adquirirlo es una gran oportunidad de lucirlo el lunes en el colegio, por no hablar de las horas que me quedan, a solas y en mi cuarto, con él puesto y paseándome delante del espejo. Así que apresuro el paso, temerosa de que de repente se hayan acabado los bolsitos, sin poder soportar la ausencia de un placer que ya considero mío.

Estoy a punto de atravesar el umbral de la tienda, atestada de mujeres y de adolescentes, y en un enorme cubo transparente se apilan decenas de bolsos. A solas con tantas mujeres me da vergüenza esperar; aborrezco que éstas se vuelvan, me observen y terminen por preguntarme qué es lo que voy a comprar, que de repente se torna tan vulgar cuando lo digo, tan corriente. Resuelvo quedarme fuera de la tienda hasta que las mujeres se marchen, pero tardan tanto, y me aburro, y empiezo a dar vueltas, y luego a caminar *más allá*, aunque sin darme cuenta, como si mi destino inmediato en la tienda me eximiera de respetar la línea imaginaria que va del árbol hasta la tubería. Avanzo rápida, en verdad estoy impaciente por regresar, aunque a medida que dejo atrás portales y comercios y oficinas, comienzo a sentir en mi pecho y en mis piernas una sensación irreprimible de seguir explorando. Tengo la mirada fija en los escalones de una iglesia, en la siguiente manzana; al principio mi curiosidad ahí detenida es un mero tránsito, pero conforme me acerco mis ojos se quedan clavados en un muchacho que ocupa el centro de los escalones y, más adelante aún, en el rostro de este muchacho, que a su vez también me mira, aunque sin mostrar ningún interés especial: se posa en mí como un objeto más entre la variedad ofrecida a la vista, como si yo fuera una persona cualquiera, o quizás tan sólo por ser niña y atraer la atención de esa particular manera en que las niñas la atraen.

Se trata de un joven vagabundo que está sentado en las escaleras con las piernas extendidas y el torso echado hacia atrás con indolencia. Yo, que ando hasta detenerme en el borde de la calzada, estoy horrorizada y fascinada: de repente me reconozco en el cuerpo delgado, las ropas raídas, el pelo roñoso que cae a ambos lados del rostro, pues la visión de la podredumbre me está acercando a algo que desconozco y que me identifica. Permanecemos durante largos minutos mirándonos; él sin variar un ápice su tranquila y divertida expresión; yo hasta sentir que, a pesar de estar separados por unas decenas de metros, el desconocido me acecha físicamente, me rodea con las manos y las piernas, y expulsa el aliento sobre mi pelo. Por un momento, este asalto imaginario a mi cuerpo me gusta. Sin embargo, al instante siguiente, sin aguantar el peso de tantos descubrimientos, me doy la vuelta y echo a correr con todas mis fuerzas. Creo que el extraño me va a la zaga; que sus manos están a punto de agarrarme por los talones. Al girarme compruebo que no hay nadie detrás. Tampoco en las escaleras de la iglesia. El vagabundo ha desaparecido. Pienso que tal vez está escondido entre los coches aparcados, y de nuevo echo a correr, alcanzo el chaflán donde empieza el mundo y dejo atrás la tienda en la que iba a comprarme el bolsito. Al llegar a mi portal unas vecinas están saliendo, y paso entre ellas como una exhalación. Mi padre me abre la puerta, distraído; mi madre está sentada en el sofá del salón, expectante del bolso. Caigo en la cuenta de que no sólo no lo he comprado, sino que además he perdido el dinero. Una imagen absurda cruza entonces mi cabeza: yo frente al muchacho dándome la vuelta para iniciar mi carrera, y dejando caer a propósito el billete que con tanta confianza me han entregado mis padres para mi capricho. Veo entonces al vagabundo agachándose para recoger la dádiva del suelo, y desaparecer después tranquilamente con ella en el bolsillo. Mi madre, al notarme tan agitada, me pregunta qué ha pasado.

–Me han robado el bolsito –contesto.

Es lo primero que se me ocurre, atenazada por el miedo a una regañina. Mi madre da un grito, me cubre de besos, me hace miles de preguntas más, a las que respondo vagamente, con mucha confusión. Estoy a punto de describir al mendigo como el autor del robo, pero me doy cuenta de que entonces es posible que mi padre vaya hasta los escalones de la iglesia para molerlo a patadas. La certeza de estar protegiéndolo me sume en una confusión aún mayor. Con una indecible culpabilidad, me dejo mimar hasta la hora de acostarme. Luego me duermo con un sueño pesado y negro.

2

Desde ese día, no son pocas las veces en las que deseo atravesar la zona prohibida para comprobar si el vagabundo está sentado en las escaleras de la iglesia, y si se produce en mí el mismo efecto. También cuando juego por mi barrio, o atravieso la ciudad en coche o en el autobús del colegio, permanezco atenta de una manera de la que no soy del todo consciente, pues en verdad no pretendo buscarlo, sino que obedezco a un latido de mi estómago, que de pronto se encoge cuando una silueta familiar me adelanta; cuando de lejos alguien parecido al vagabundo se acerca. Un extraño mecanismo se ha puesto en marcha, y cada vez que salgo a la calle comienzo a advertir las miradas de los transeúntes, sean o no maleantes; miradas que van desde la simple curiosidad, y que aterrizan en mí por azar, hasta las que contienen un propósito oscuro y me obligan a esconderme en algún portal. Por primera vez soy consciente de que transito por el mundo, y de que mi trayectoria puede desviarse por motivos ajenos a lo que siempre he imaginado para mí misma, que por otra parte se corresponde con los límites estrictos de mi vida, más un vago futuro encarnado en imágenes familiares o televisivas que algún día me tendrán como protagonista. Lo peor, o tal vez lo mejor, estriba en que justo aquello que me horroriza descubrir en las miradas de ciertos transeúntes es lo que me atrae del vagabundo, y por lo que, los días siguientes a lo que yo llamo robo, quiero volver a encontrármelo.

Sin embargo, no me atrevo a asomarme a la zona prohibida. Ocurre que mi mentira ha coincidido con una oleada de atracos a niños de mi calle. Dos chavales de ocho años se quedan sin mochilas cuando vuelven del colegio; otro es obligado, mediante amenazas, a darle a un magrebí la moneda con la que su abuela le ha mandado a comprar el pan y, lo peor de todo, un vecinito del segundo sufre un robo violento en el portal. Este niño, que se llama Carlos, se resiste, y el delincuente le clava un cuchillo en el brazo. Aunque la herida es leve, saltan todas las alarmas en mi edificio, y los padres del vecino instan a los míos a poner una denuncia. «Cuantas más denuncias haya –dicen– más vigilancia policial tendremos.» Es un argumento de lo más razonable, y a pesar del tiempo transcurrido desde el falso hurto, mis padres deciden denunciar.

3

En la comisaría, un edificio de color crema feo y silencioso, un policía que parece hacer de portero nos dice que esperemos en una sala vacía, repleta de bancos de madera viejos. La luz, blanca como la de los hospitales, me pone muy nerviosa, y si en el coche he acariciado la posibilidad de confesarlo todo, ahora, ante la amenaza de derrumbarme, ya no quiero que se sepa la verdad. Imagino un interrogatorio con un sabueso que con sólo mirarme adivine que estoy mintiendo. Cuando la mesa queda despejada, el policía se pone de pie y nos invita a pasar a una sala contigua.

–¿Y bien? –dice–. ¿Quién pone la denuncia?

–Yo –responde mi padre–. En nombre de mi hija.

El policía le entrega a mi padre una ficha de atestados, y después de que la rellene, la lee meneando la cabeza.

–Ya ha pasado el tiempo de hacer cualquier denuncia -dice. Luego me pregunta–: ¿Cómo es el bolso, guapita?

–Un bolso rosa de Hello Kitty –contesto.

–¿Eso es la marca?

–Es un dibujo de una gata.

–Es una marca infantil –dice mi madre.

–¿Y qué llevaba dentro?

–Nada –respondo.

El policía se pone en pie y abre un armario, donde hay una pila de bolsos, carteras y sobres con documentos. Tras rebuscar un poco, saca un bolso reluciente de color rosa de Hello Kitty, idéntico al que yo tenía pensado comprarme.

–*Voilà!* –dice.

A mí comienzan a llenárseme los ojos de lágrimas.

–Pero cariño –dice mi madre–, ¿por qué lloras? ¡Hemos encontrado tu bolsito!

–No –replico.

–¿Cómo que no? –dice mi padre.

Yo estoy enloquecida. Quiero con todas mis fuerzas decir que sí, que ése es mi bolsito; sin embargo, mi naciente mala conciencia me obliga a ser sincera, y no hay nada mejor que confesar mi estratagema para darme un golpe de efecto. Y así lo hago.

4

No me dicen nada durante el camino de vuelta a casa. Tampoco hablan entre sí más que para darse unas cuantas indicaciones sobre dónde es mejor aparcar. Cuando salimos del coche, mi madre me agarra con fuerza del hombro y me conduce hasta el portal, y de ahí al ascensor, y en la puerta de casa tiene que soltarme para buscar la llave, aunque mi padre se le adelanta. Ángeles, la asistenta que viene dos veces por semana, ha dejado una nota en el recibidor: se les ha olvidado pagarle. El asunto apenas les distrae, y yo tomo asiento en el salón.

–Todo esto se va a acabar –me dice mi padre.

–Cretina, egoísta, tienes mala genética –apoya mi madre.

–Todo esto se va a acabar –repite mi padre.

Parecen a punto de celebrar una convención, y a mí me castañean los dientes.

–¿Cómo te has atrevido a llevarnos a la policía? –preguntan, y encuentro la acusación injusta, pues son ellos los que han tomado la decisión de poner la denuncia. Sentados en el sofá con la espalda muy recta, sin apoyarse en ningún cojín y envueltos en el orden impoluto de los muebles, los cuadros y las ventanas recién limpias, esperan mi respuesta desafiantes, y yo vuelvo a estallar en llanto.

Aunque las lágrimas siempre terminan por ablandarlos, esta vez no sirven de nada, y comienzo a experimentar una creciente satisfacción por haberlos humillado. Los odio. Ellos me dicen que les da exactamente igual lo que sienta. Lo único que les importa es que me quede claro que esta vez no se trata de castigar una simple travesura, sino de algo infinitamente más vil, bajo, miserable, rastrero e infame.

–Has utilizado nuestro dolor para anular cualquier sospecha, para sentirte a salvo –dice mi padre–. ¿Sabes que cuando atracaron al vecino del quinto, tu madre se pasó varios días sin dormir pensando que podría haberte pasado lo mismo?

–Durante todo este tiempo –dice mi madre–, papá y yo hemos estado hablando de que no salieses sola a la calle, pero hemos preferido estar intranquilos a quitarte la libertad. ¿Te haces una idea de lo que eso significa?

(¿Me hago yo una idea de lo que eso significa?)

–¿Sabes lo que es el sacrificio y la confianza?

(¿Sé lo que es el sacrificio y la confianza?)

–Estás castigada –concluye mi madre–. Se acabó ir a casa de tus amigos del barrio entre semana, salir todos los viernes, sábados y domingos por norma y quedarte sola cuando nos vamos de viaje: ahora estás obligada a acompañarnos.

–Si terminamos con tu libertad –remata mi padre–, es para que comprendas de una vez por todas el valor de lo que te damos.

Mi padre crepita de orgullo por sus buenas intenciones, y yo lo escucho con asco. No quiero cenar y me encierro en mi cuarto, donde trato de ignorar sus movimientos por la casa. Es imposible. Tengo la impresión de que las acusaciones más atroces aún no se han vertido, y que sólo ahora, cuando abren algún armario, atraviesan el pasillo o hablan entre ellos, esas acusaciones que me condenan definitivamente se deslizan mudas hasta mi cuarto. Abro el balcón y dejo que la habitación se inunde con los sonidos de la calle. Luego cojo mi libro favorito, *Patatita,* y durante un par de horas no existe más que la fascinante historia de un niño gitano que pierde a su perro mientras mira embobado el escaparate de una pastelería. Patatita se escapa del circo y busca a su perro durante toda la noche. ¿Cómo logra que las advertencias y amenazas de su familia no le impidan ir en busca de su amigo?, me pregunto. Con mi mala conciencia, el libro adquiere una dimensión distinta. Ahora, lo que busco al identificarme con los sentimientos del protagonista es igualar mi historia a la suya para salvarme. Como la historia es muy simple, me resulta fácil resbalar hacia su bondad, y convertir mi fechoría en algo de fácil redención. Por supuesto, esto no es una búsqueda tan racional como la cuento; yo simplemente engarzo mi estado con el del gitano, y a partir de ahí voy hacia atrás y modifico mi drama, y esta metáfora inconsciente, esta teatralización de mí misma, me relaja y me justifica de inmediato.

5

La verdad es que ando perdida por un sitio muy distinto al que imaginan mis padres, quienes ahora, durante la cena, apagan la televisión y me echan largos sermones sobre lo que está bien y mal. También me preguntan exhaustivamente sobre mis compañeros de colegio y mis deberes, queriendo suplir con una atención desmedida y tediosa mis años de infancia con ellos ante (de repente la llaman así) la caja tonta. Sólo me dejan ver un par de series por la noche y los dibujos de la tarde mientras meriendo, y mi acceso a Internet se limita a mirar una vez al día el correo y a buscar información para mis tareas escolares. Tienen una voluntad inquebrantable de ser mis amigos, una suerte de amigos ejemplares, y cuanto más actúan de este modo, más lejos estoy yo, dejándome arrastrar por mi fanatismo particular, que es ausentarme de una manera radicalmente nueva, merced a unas circunstancias que se han descontrolado de una forma inimaginable *fuera* y *dentro* de mí, sin que yo sea capaz más que de sumirme en una inmovilidad absoluta. Y es que, aún no lo he dicho, el vagabundo ha comenzado a acecharme.

6

Al principio se limita a ser una presencia leve, pero continua, como la de un vecino al que se ve en la panadería o paseando al perro. Encuentros anodinos que sólo indican la pertenencia a un mismo territorio. Así, me lo encuentro de nuevo una mañana en la que me dirijo a la parada de autobús, en la acera de enfrente, esperando el despeje del tráfico para atravesar la calle. El vagabundo no me mira, y yo pienso que ni siquiera se ha percatado de mi paso. La segunda vez es una tarde en la que tengo que salir de mi casa para comprarme un compás con el que hacer los ejercicios. El vagabundo está sentado en un banco, con una gabardina vieja y sucia abotonada hasta el cuello y los brazos cruzados sobre el pecho. A sus pies hay una mochila azul roñosa. En esta ocasión nuestras miradas se cruzan, pero la distancia es demasiado larga para advertir matices, y regreso a mi casa inquieta. La tercera es una mañana de sábado en la que se me antoja desayunar un croissant de mantequilla de la pastelería francesa. Apenas he salido de mi portal y dado tres pasos cuando tengo que detenerme ante las zapatillas de deporte raídas, los pantalones vaqueros llenos de lamparones y la gabardina abierta, por la que asoma una camiseta negra en cuyo centro quedan los restos de un estampado. Sé que es él antes de alzar la cabeza y mirarle. Me quedo muy quieta; la súbita aparición me ha cogido tan desprevenida que no sé reaccionar con normalidad, y mi expresión es la de un reconocimiento inequívoco. Por su parte, el vagabundo muestra un raro, e incluso molesto, temor. Me giro bruscamente y echo a correr en dirección contraria a la pastelería. Me encuentro en la absurda situación de tener que dar la vuelta a la manzana para ir justo al lado de mi casa. Y peor aún: tal vez me lo cruce de nuevo. Me detengo y, angustiada, miro hacia atrás. El vagabundo no está. Hago el resto del trayecto girándome obsesivamente, y cuando llego a la esquina donde está la tienda de los bolsitos –ese límite que acabo de recorrer al revés sin haberme percatado apenas, y que en verdad ha dejado de serlo desde la aparición del misterioso individuo–, asomo discretamente la cabeza y respiro, tranquila al fin. Sin hambre, me compro el croissant y lo engullo sentada en las escaleras de mi portal. Luego subo a mi casa, voy al váter y vomito.

A estas tres apariciones suceden otras muchas. El vagabundo al pie de un semáforo, o caminando por la acera contraria, o pasando por delante justo cuando yo me asomo a la calle desde el balcón, y también los viernes por la tarde su silueta a lo lejos durante las horas de permiso que mis padres me dan para jugar en la calle. Lo único que comienza a variar es la frecuencia con la que se muestra: de cuatro días pasa a tres, y luego a dos y a uno, y finalmente a varias veces en una misma jornada, como si estuviera dibujando un cerco preciso, un mapa de horarios y de lugares. Algunas noches voy a cenar con mis padres a una pizzería cercana, y entonces tiene lugar la aparición más alucinante. A pesar de que no hay un día preestablecido para estas salidas nocturnas, y de que nunca sé a qué hora terminará la sobremesa, en todas las ocasiones, y cuando estoy apenas a un metro de la puerta, la silueta del vagabundo atravesaba el marco, rauda, en una exhibición de *lo que no quiere ser notado*. Me aplico entonces en averiguar desde dónde soy tan minuciosamente vigilada, adelantándome a mis padres para elegir una mesa desde la que observar la calle. A partir del momento en que sirven el postre, no despego la vista del exterior. Es en vano. Nunca hay ni rastro.

Cuando parece que al fin ha terminado el inventario completo de mis días, el vagabundo sustituye las apariciones por sorpresa por una suerte de citas ineludibles, puesto que de ninguna manera puedo no estar yo en el sitio y el momento en que me somete a su acecho. A las ocho de la mañana ronda ya la parada donde espero el autobús para ir al colegio. Se sienta siempre en el capó de algún coche, a unos trescientos metros de distancia. Nada más doblar la esquina puedo avistarlo; a esa hora lleva la enorme gabardina abotonada hasta arriba, las manos metidas en los bolsillos, y los hombros y el cuello arrebujados. Da la impresión de que acaba de levantarse de la cama y de que ha salido a la calle con el gabán puesto y el pijama debajo, sin tiempo para el café y el agua fría en la cara con la que sacudirse el sueño. Es el único momento del día en el que parece un ser débil. El vagabundo lucha por recomponerse; saca las manos de los bolsillos y las apoya en la fría chapa al tiempo que sacude la cabeza; a veces pide un cigarrillo a algún transeúnte, lo enciende y se pone en pie para fumárselo. Cuando arroja la colilla apurada hasta el filtro vuelve a sentarse, y permanece muy quieto y encogido. No puedo decir que me preste una atención especial; lo mismo observa el tráfico que a la señora que pasea a su perrito abrigado, pero el caso es que ahí está, y que, como quien no quiere la cosa, a ratos también me mira, sobre todo mientras alcanzo la parada, que es cuando estoy más a la vista, pues en la marquesina me escabullo entre los otros niños. El autobús, que es privado, no para exactamente ahí, sino un poco más adelante; sin embargo, los uniformados alumnos esperamos apelotonados en los asientos de la parada del transporte público. A mí semejante concurrencia me viene que ni pintada para desaparecer. Me coloco siempre al fondo, con la espalda apoyada en el panel de anuncios, y si muchos autobuses vienen juntos y la multitud se disuelve, todavía me quedan las columnas que franquean los asientos y que, al ponerme de perfil, tapan por entero mi delgado cuerpo. No hay nadie de mi clase en la parada, y por tanto ninguna obligación de tener que hablar y que moverme: mi actitud es digna y natural, y nadie se extraña de que permanezca siempre callada, pues en mi colegio los alumnos de los diferentes cursos jamás nos dirigimos la palabra. Somos universos cerrados. La única pega es que, cuando al fin aparece el autobús, me quedo rezagada en la carrera, y llego la última a la fila que se forma en las escaleras. Este tiempo en el que me expongo a la mirada del vagabundo se me hace eterno, y además me da vergüenza mostrar mi timidez y mi torpeza. Es un alivio entrar al fin en el autobús, cuyos cristales están empañados de vaho, y que huele a polvo y a forro rasgado. Las pipas, los chicles, los gusanitos y demás guarrerías están prohibidas, pero en cada par de asientos que atravieso, disimuladas por las mochilas, se despliega un arsenal. La tranquilidad me entra por la nariz, y al fondo mi mejor amiga me espera con una bolsa de chucherías abierta.

Tengo clases hasta las cinco, y el autobús tarda luego hora y media en hacer el trayecto entero hasta mi casa. Cuando llego a mi parada, es casi de noche, y una gran actividad se despliega en la calle. Mi barrio, situado entre el centro y el casco antiguo, es famoso por la multitud de pequeños comercios de segunda mano y de bazares que, con grandes carteles en los escaparates, publicitan todo tipo de cacharros electrónicos. Todo lo que en el centro y en las grandes superficies es caro se obtiene aquí a precio de ganga. Por las tardes, desde todos los puntos de la ciudad, acuden hombres y mujeres a estas estrechas calles, que durante unas horas cobran una alocada animación. La gente sale y entra cargada de bolsas y se apiña en las cafeterías; muchos toman vino en una vieja bodega donde todavía es posible llevar las botellas vacías y rellenarlas del barril.

Entre semejante bullicio me cuesta localizar al vagabundo; durante algunas semanas creo que nadie me observa en el camino de vuelta a mi casa. Ni se me pasa por la cabeza que también los vagabundos pueden sentarse en la mesa de un bar, a pesar del gesto de desagrado de los camareros y de los clientes, del vacío que se hace alrededor de su mesa, de los señores que de pronto apuran su café y su cerveza y se levantan, y las mujeres que al llegar con los pies cansados por los tacones prefieren, no obstante, permanecer en la barra o buscar otro sitio para tomar sus refrescos y sus patatas «más tranquilas». El vagabundo suele estar en la cafetería del chaflán de enfrente, sentado en una mesa junto a la ventana, ante una jarra llena de vino con gaseosa que bebe a pequeños sorbos. Cuando lo descubro, no me extraño demasiado de su presencia; más bien me invade la tranquilidad de poder echar un vistazo al bajar del autobús: mientras esté localizado, se anula la posibilidad de un encuentro cara a cara, de una encerrona. A pesar de que no hay peligro alguno, corro hasta mi casa, y allí hago mis deberes y procuro comportarme como si no pasara nada. Mi escritorio está junto al balcón y, entre redacciones y hojas de cálculo, observo deshacerse el tumulto. Cuando termino mis deberes, me quedo muy quieta hasta que los comercios cierran. El vagabundo vuelve entonces a aparecer, se sienta en un portal y su mirada es para mí; esa mirada seria y grave que sólo tiene a estas horas, o que tal vez únicamente pueda yo definirla desde mi escritorio. Durante el día la distancia es mayor, y su expresión indeterminada, borrosa: soy yo la que le da forma, la que se figura la trayectoria exacta de sus ojos.

7

Desde que con cuatro años llego a la ciudad, gozo de una libertad insólita para una niña. Lo único que tiene límite es el espacio para mis juegos: cuatro chaflanes y la mitad de una manzana. Al principio, cuando aún soy muy pequeña y sólo conozco a Julia, el padre y el abuelo de mi amiga, que tienen un kiosco, se turnan para vigilarnos. El abuelo, judío, al que algunas veces veo con un extraño gorro redondo y muy pequeño que le cubre la calva, se sienta en una silla frente al kiosco, y desde allí da enormes gritos cuando nos perdemos de vista. Luego se une a nuestros juegos Chi-Huei, el hijo de los del asador asiático, y entonces el abuelo de Julia es ayudado en su vigilancia por el padre del chino, que se aposta en la puerta del asador blandiendo dos grandes cuchillos. Los afila uno con otro, y a veces corre detrás de nosotros como un guerrero, esgrimiendo los cuchillos con un gesto diabólico que nos lleva al borde del llanto. El ambiente no deja de ser un tanto extraño; está hecho sólo para los niños, y los mayores, más allá del acuerdo tácito de la vigilancia, no se mezclan entre sí. Ni los padres de Julia ni los míos se dignan a pisar el asador, y en voz baja dicen que lo que allí se come es carne de rata y de perro. También en torno al padre y al abuelo de Julia el calificativo de «judíos» es como una carta de presentación: la palabra no es explícitamente pronunciada con desdén, pero tampoco es proferida como una palabra más. Por sí misma parece introducir una suerte de distinción justificativa, como si las características personales de todos y cada uno de los miembros de esta familia pudieran explicarse por sus costumbres hebreas.

A mí todo esto me trae sin cuidado. Ni creo ni dejo de creer en lo que se dice; sencillamente no escucho; el mundo de los mayores no me pertenece, y para mí Julia y Chi-Huei son, por razones distintas, mis amigos más importantes del barrio. Julia es mi amiga del alma, con la que siempre estoy de acuerdo y formo equipo, y con la que más me río y más aficiones comparto. El chino Chi-Huei, en cambio, es algo así como mi primer novio, hecho este en el que influye que se trate del primer hombre ante el que tomo conciencia de mi propia desnudez. Poco después se nos unen Sandra, Iván, Ovidi y Silvana, y los siete formamos una pandilla. Todos los viernes, sábados y domingos por la tarde nos reunimos para corretear por las calles si hace buen tiempo, y cuando hace malo nos vamos a un locutorio y buscamos cosas en Internet.

Mis padres suelen irse de viaje algunos fines de semana, y entonces Julia se queda en mi casa. Durante estos largos días hemos construido un universo aparte al que a veces dejamos asomarse a algún miembro de la pandilla, aunque únicamente para decirnos luego a solas: no merece la pena que invitemos a nadie a compartir nuestros secretos. Este universo que sólo nos pertenece a nosotras está hecho de sesiones de güija, películas de terror y del íntimo convencimiento de que sólo Julia y yo sabemos de la existencia de los espíritus. Julia llega los viernes con un portátil repleto de películas, y sólo con verla entrar al piso me pongo a temblar de emoción. Nada es tan excitante como sentir que traspasamos el umbral de lo conocido, que somos capaces de ir de la mano con nuestro propio miedo y con la adrenalina en el estómago. Es como el vértigo que en las montañas rusas precede a la caída, sólo que en las atracciones de feria éste tiene un fin definido y mecánico, mientras que el territorio que se nos abre con los films continúa luego en la noche, cuando los fantasmas de la pantalla pueblan también los armarios y hacen moverse a los muñecos de su sitio. Entonces prometemos a los espíritus no decir nada sobre su existencia, a condición de que nos dejen en paz. Este pacto, que todos los viernes que mis padres se van de viaje se repite, sirve para entregarnos al clima creado por las películas, y al día siguiente, desde muy temprano, ya tenemos nuestra güija casera, nuestro vaso de cristal y nuestros dedos en el borde, y en vano procuramos concentrarnos en la invocación: el vaso permanece tozudamente quieto en el centro de la tabla. Nosotras nos cansamos, soplamos el vaso por si las moscas, y de nuevo más películas.

Nadie nos molesta. Mis padres han considerado innecesario buscar una canguro de fin de semana, y han convencido a los de Julia de que no nos pasa nada estando solas. En la nevera hay pan de sándwich, embutidos y queso, y además yo sé cocinar espaguetis con tomate y sopas de sobre. Basta con una llamada por la noche para que no se nos olvide cerrar la llave del gas. Para nosotras es una auténtica fiesta pasar dos días sin ninguna vigilancia y con la casa a nuestra disposición. Hacemos potingues a base de ketchup, especias y crema de afeitar con los que luego nos untamos el cuerpo, disfraces, proyectiles de agua que tiramos por el balcón, cabañas con sábanas, bailes encima de las mesas. Sin embargo, nada nos une tanto como nuestra creencia en los fantasmas; es una sabiduría que nos hace distintas y nos separa del resto de la humanidad, en un aparte compartido y dichoso, como si fuéramos dos amantes.

Pero ahora tengo un secreto que no puedo compartir con Julia ni con nadie. Ahora ya nada es igual cuando salgo a la calle las dos tristes y escasas horas del fin de semana que mis padres me dan de permiso, y en lugar de estar atenta a los juegos y trastadas de mis amigos, mi atención se desliza hacia la esquina, donde a menudo se sitúa el vagabundo, y entonces comienza mi personalidad impostada; el tener que hacer que me divierto y que no pienso más que en lo que acaba de contarme Julia sobre Sandra o sobre Ovidi. Y es tan difícil. La avalancha de travesuras y secretitos y bromas requiere una dedicación que no se limita al tiempo que pasamos juntos; durante la semana ha sido necesario alimentar la emoción a través de largas conversaciones telefónicas sobre las sonrisitas entre Silvana e Iván o sobre las pesquisas de la señora de los ultramarinos para averiguar quién llena de chicle la cerradura de la tienda. Comienzo a dejar sonar el teléfono, y a pesar de las excusas, de que he ido con mi madre al médico o con una vecina que ha empezado a explicarme matemáticas, una sombra de duda asoma al rostro de la pobre Julia, que sigue llegando puntual con su portátil repleto de películas a pesar de que mis padres, debido a mi castigo, ya no se van fuera los fines de semana. Algo definitivo se está rompiendo, y ante el film de terror ya no tengo tanto miedo, pues los fantasmas empiezan a ser una tontería de niños. «Te estás volviendo seria», me dice un día Julia, y en sus labios la acusación es grave. También los de la pandilla asisten extrañados a mi falta de entusiasmo, a mis continuos «Me aburro», a mi resistencia a correr y a reírme a carcajada limpia, como si temiera ser ruidosa o mancharme el pantalón. Empiezo a odiar el colegio, y a perder la capacidad de divertirme *directamente,* a través de lo que siempre me ha arrancado gritos de alegría. No sé en qué radica esta hostilidad; si es una reacción, un rencor secreto, o es que mi interés se ha volcado hasta tal punto en el mundo que me ha abierto el acecho, y donde no estoy segura de quién es la víctima, que soy incapaz de comprometerme, de estar, en lo que ha sido hasta el momento mi vida.

8

Las seis y media de la tarde, cuando el autobús escolar acaba el agónico recorrido cerrando tras de mí la puerta, y la luz inicia su inevitable declive. El Setra pintado con las siglas de la compañía me deja frente a la agencia de Viajes Cemo. Ante mí se extienden dos tercios de la calle comercial, y el chaflán que ya pertenece a mi edificio (por el balcón del salón se asoma a veces mi madre para saludarme), y siempre hago el trayecto con la sensación de estar atravesando una franja de libertad entre los muros de mi colegio y mi escritorio, ante el que debo sentarme obligatoriamente hasta la hora de la cena. Mi casa colinda no con cualquier parte del casco antiguo, sino con la peor, y ésa es la razón por la que tengo prohibido cruzar la esquina este de mi calle. El Ayuntamiento ya ha empezado a limpiar el barrio viejo de chusma rehabilitando edificios. Procede de la misma manera que se limpia un pescado para su consumo, arrancando las partes no comestibles, como las raspas y la cola, y también las que, pudiéndose ingerir, dan asco: ojos, escamas. Ese asco que toca al miedo por un lado, y lo prohibido-desconocido-atractivo por otro, es seguramente el motivo de mi fascinación por la zona prohibida, a la que atribuyo posibilidades inimaginables, que tal vez se concentran de una forma no del todo explicable, a tenor del rechazo que también siento, en el vagabundo. Éste, por supuesto, puede no tratarse de un vagabundo aunque yo lo piense así. Puede ser un punk, un yonqui, un simple chulo, o nada de eso.

El caso: yo bajo del autobús. Miro al otro lado de la calle para asegurarme de que el vagabundo está en el bar de la esquina, frente a la ventana. No está, y echo a andar, rauda. Es en esta casi carrera cuando me dan ganas de ir a las escaleras de la iglesia para averiguar si está allí sentado, como la primera vez que lo vi.

Se trata de una idea latente en la inquietud que me produce no localizarle; más de un día en que tampoco estaba en su puesto he pensado que me vigila desde algún lugar que no puedo ver. Si lo descubro en las escaleras (no puedo imaginármelo en ningún otro lugar), desaparecen instantáneamente las oscuras conclusiones derivadas de la suposición de que se oculte. La ocultación implica un peligro inminente, unas intenciones espurias; significa que el acecho que el joven pordiosero hace a plena luz del día es sólo una estratagema para el horror.

Paso mi portal y echo a correr, con el anorak abotonado hasta el cuello, la capucha echada y el paraguas abierto (chispea levemente), con el temor que me viene cada vez que desobedezco a que me pase algo. Tengo miedo de ser reconocida por algún vecino, o incluso por mi madre (ignoro si tiene hoy guardia en el hospital), y además sé que quien quiera que me vea se percatará inmediatamente de qué voy a hacer escabulléndome de mi hora de llegada a casa. Los escasos charcos del pavimento no reflejan nada, como si no fuesen charcos o como si el cielo tuviese el mismo color que la acera, lo que crea por unos instantes un clima de catástrofe nuclear, o de eclipse, ayudado por la atmósfera neblinosa y desmentido de inmediato después también por ella. Al cruzar el chaflán de la tienda de bolsos, me doy de bruces con la espalda del vagabundo. Está tan cerca que puedo oír su respiración mientras rebusca en la basura. La operación sucede lentamente. Con mucho orden, va acumulando sobre la acera una sillita de bebé que parece nueva, cartones, un radiocassette antiquísimo y un balón deshinchado. Luego de los reciclados se pone un guante que lo mismo puede ser de plástico que de piel para remover el contenedor de orgánica. Apila las bolsas de basura a un lado, no sin antes palparlas por lo que pueda haber de interesante entre los huesos de pollo, cáscaras, viscosidades y porquerías, y yo observo con una fijeza devoradora y cierta repugnancia su perfil. Experimento una profunda sensación de irrealidad, como si algo se resolviera de manera increíble ante mis ojos. El vagabundo que está delante de mí es y no es el que yo voy buscando, y lo fundamental de esta transmutación reside en el simple hecho de que mi presencia le sea ajena. Quien está ahora delante es radicalmente distinto, pues yo no lo determino y él me determina de una manera que no es la habitual. Esta desidentificación altera su físico en una proporción inversa a cuando sueño con una persona conocida cuyo rostro y cuerpo son los de otro. La barba no demasiado larga es la que yo estoy acostumbrada a ver, así como la ligera palidez de la piel y el pelo cobrizo, largo y sucio. Debe de rondar el metro setenta, aunque su delgadez y la gabardina hasta los tobillos lo hacen parecer más alto.

También supongo que hay demasiada carne en él y que por eso no lo identifico; los pelos de la barba sobresalen con nitidez de la tez blanquecina; el apelmazado del cabello, debido a la grasa, refulge, y además estoy tan cerca que puedo oler, a un tiempo, los alimentos putrefactos de la basura y la humedad momificada y callejera de su ropa. Ni siquiera cuando me muevo un poco hacia delante, poniéndome casi en frente de él, advierte nada; está concentrado en la lenta operación de distribuir los objetos en un carro de supermercado que debe de ser de Mercadona. En un extremo coloca los cartones, comprimiéndolos, y luego pone la sillita para niños sobre un televisor, y resulta milagroso que no se venga abajo. Con la misma parsimonia con la que ha sacado las bolsas de basura del contenedor va devolviéndolas, dejándolas caer suavemente; después juega durante algunos minutos con el balón deshinchado, estrellándolo contra un despertador de manecillas sin carcasa idéntico al que yo tengo en mi mesita. Siento una inesperada lástima por el aparato, y cierta furia contra el vagabundo, y desilusión. Vuelve al contenedor amarillo para dejar el balón y el reloj, y lo hace como si estuviera ante el cajón donde guarda su ropa y los objetos de la calle fueran sus camisetas y sus pantalones. Eso me lleva a mirarlos como si se trataran de máscaras. Tras bajar la tapa del contenedor, agarra el carro y gira delante de mis narices, apartándome de su camino. Se va en dirección contraria a los escalones de la iglesia, lo que no me impide hacer lo que tengo pensado desde el principio, que ahora cobra más sentido que antes. Por increíble que resulte, de repente dudo de que el individuo que acaba de marcharse con el carro sea el vagabundo, y cuanto más lo pienso, más grande es mi inseguridad, y por ello tengo que cerciorarme, averiguar si el verdadero vagabundo está apostado en su sitio, que son los escalones de la iglesia. Desvío mi mirada, que sigue petrificada en la espalda de lo que cada vez concibo más como el falso vagabundo, y la dirijo a los escalones de la iglesia, que en este momento es un cuadro colorido de paraguas. Espero un rato a que la multitud se disuelva, pero es en vano. Camino entonces hasta el final, abriéndome paso entre los corrillos de viejas. Por un momento, estoy tan segura de que el verdadero vagabundo va a estar allí, que tras el vértigo de asomarme a los escalones y de que mi cuerpo se adelante al acontecimiento esperado con una fuerte palpitación, la rabia me invade al encontrarlos vacíos. Miro entonces a mi alrededor –y es constante y deliciosamente rara e inquietante la certeza de estar siendo de nuevo espiada desde algún lugar cercano–, recorriendo los chaflanes que rodean la iglesia, y sin descubrir nada entro en el recinto, donde observo los bancos vacíos. No me detengo mucho porque en este lugar frío y solemne no puede estar el vagabundo, y con gran decepción vuelvo sobre mis pasos. Llevo el paraguas cerrado.

Me detengo en la boca del garaje donde mis padres guardan sus coches. Tengo miedo. Espero justo donde empieza la rampa, aspirando el olor a neumático y gasolina; enfrente hay una papelería con un luminoso morado que acaba de encenderse, y todo está impregnado de humedad. Le doy vueltas a lo que me acaba de pasar; lo que más temo es estar volviéndome loca. Al mismo tiempo, es la primera vez que permanezco en la calle sola después de mi castigo y, junto al miedo, siento una maravillosa sensación de oscura libertad, como si de repente fuera capaz de precipitarme con placer desde un noveno piso. La luz de la papelería se proyecta agradablemente sobre la acera, insuflando al aire una leve vibración que, al mismo tiempo que llena el pequeño trozo de calle de resonancias, la convierte en un lugar tan íntimo y recogido como el salón de mi casa por la noche, cuando encendemos la lamparita. Lo último que quiero ahora, sin embargo, es volver a mi casa; me gusta estar a solas en la calle, acechando, espiando yo, y sintiendo además que desafío mi castigo y la insoportable sensación de culpabilidad que a ratos me invade.

A partir de este día, empiezo a averiguar cuándo tiene mi madre guardia en el hospital para poder quedarme en la calle, a veces sentada en un portal, o de nuevo apostada en la entrada del garaje, y siempre con miedo.

El vagabundo, que cuando bajo del autobús suele estar frente a su jarra de vino con gaseosa, nunca va a las escaleras, y tampoco pasa jamás por delante de mí, si bien el mero hecho de que yo permanezca simulando esperar lo traslada inmediatamente a los alrededores. Yo lo imagino bebiendo su jarra a toda prisa para ocupar su puesto en los escalones, aunque nunca suceda. A esta hora no hay muchos transeúntes, la zona comercial se acaba donde yo vivo, y al cruzar la línea imaginaria, el paisaje urbano parece tener una vida meramente subterránea; las calles ofrecen un aspecto lúgubre, y su brillo permanece a la vista como si estuviera escondido. Un lunes no me basta, y decido aventurarme aunque sepa que mi madre no tiene guardia en el hospital, y que me está esperando en casa. Han cambiado la hora; es la luz excepcionalmente clara lo que, pienso ahora, me hace descreer de las amenazas. No puedo pasar demasiado tiempo escrutando la calle, apenas quince minutos escasos con los que justificar ante mi madre una gran cola en la papelería o en el kiosco. Esos minutos en los que permanezco en la entrada del garaje me parecen horas, y cuando pasan, llego sin aliento a mi casa, esperando una regañina. Me extraño entonces de encontrarme con mi madre en el sofá delante del televisor, tranquila y ajena, y semejante rotura de las secuencias me provoca un estremecimiento helado.

9

El barrio viejo comienza justo a partir de las escaleras de la iglesia, y lo conforman más de un centenar de calles estrechas, de trazado sinuoso, y con edificios que no suelen tener más de cinco pisos de altura. Muchas fachadas comienzan a inclinarse; algunas están sujetas por enormes vigas de hierro que impiden su derrumbe, aunque la mayoría parecen abandonadas, como si a nadie, ni siquiera a los habitantes del edificio, les importara la suerte que puedan correr sus paredes. Todas lucen un color gris manchado, los mismos balcones minúsculos, con persianas echadas por encima de las barandas para disimular los trastos amontonados, algunos tapados con plásticos, a salvo de las lluvias torrenciales, y otros al aire, llenos de mugre. La exuberancia de chatarrería de los balcones contrasta con la austeridad de los portales, en su mayoría abiertos, en los que no hay nada, ni siquiera buzones, y también con las calles, vacías y desoladas; algunas tan estrechas que sólo durante el mediodía les alcanzan los rayos del sol. Aquí y allá se abren grandes solares rebosantes de escombros. A veces queda un resto de fachada, y es fácil adivinar cuáles de las losetas han sido parte de una cocina, y cuáles del baño.

En una de estas ruinas hay un váter blanco y reluciente, con su cisterna todavía en pie sobre un minúsculo trozo de piso.

Es extraño que al penetrar en el barrio viejo, dando un largo rodeo por las calles limítrofes –pues eso es lo que hago las primeras tardes, cuando el temor todavía supera mi voluntad de saber algo sobre el vagabundo; algo que creo que voy a descubrir allí, y también, y derivado de lo anterior, una parte de mi propia vida, un adentrarme en la resquebrajadura–, no encuentre más transeúntes que los que salen de las escasas tiendas de ultramarinos, o los que se reparten en las barras de los bares, pequeños, sucios y mal iluminados. A pesar de que no estoy realmente lejos de mi casa, el hecho de caminar por la zona prohibida me hace sentirme como si estuviera a miles de kilómetros. Avanzar una calle hacia dentro es como deslizarme de un continente a otro, y por ello, al principio, sólo me atrevo a dar vueltas alrededor de los lugares realmente peligrosos, hasta acabar decepcionada conmigo misma en la plaza de la catedral, que es una zona turística, por la que se desemboca a través de un bulevar peatonal lleno de tiendas a los parques del antiguo cauce del río. No tiene ningún mérito llegar hasta aquí. Avergonzada, con mis ansias redobladas por la impotencia, me siento en las escaleras de la plaza y observo a los turistas, que entran todos por el gran bulevar. Llega un día en que mi propia impotencia me envalentona, porque no me ha ocurrido nada, y eso constituye un seguro para continuar. Tal vez se trate de que no puedo saber si quiero que me suceda algo hasta que no compruebe la naturaleza de lo que me tiene que suceder. Me meto sin vacilar en el barrio chino, y camino hasta llegar a una plaza que, supongo, es una especie de centro. No tengo el valor de atravesarla, y me limito a asomarme. Hay una pelea a navajazos, y prostitutas muy feas, de edad indeterminada, enfermas, que se ríen al verme asomada.

–¿Qué haces aquí, niña? –me grita una vieja.

Toda la plaza me mira; incluso los de la pelea se paran y también clavan sus ojos en mí. Huyo, caminando lento porque correr es de cobardes. Cuando llego a la esquina de mi calle, ya completamente a salvo, sólo soy capaz de sentirme humillada. Ni siquiera me alivia que eso no tenga nada que ver con el vagabundo, ni sobre lo que yo imaginaba sobre el barrio viejo, ni sobre nada.

Durante algunos días, me dedico a buscar información por Internet sobre los mendigos. Llevo una libreta en la que apunto todo lo que me parece importante. Hago un recuadro con los horarios de los centros de día, y lo guardo junto a un mapa de la ciudad en DIN-A3, que doblo cuidadosamente para que no se salga de los bordes de la libreta. Sobre este mapa trazo en rojo varias rutas, inventándomelas a partir de los datos que recojo en páginas webs de ONGs, donde se recogen las actividades de los voluntarios, como la de repartir sopa durante las noches de invierno. La línea roja de mi mapa recorre caprichosamente San Luis, La Punta y los Poblados Marítimos; apunto cifras, me entero de que los indigentes suelen ser alcohólicos y estar locos. Conforme avanzo en mi investigación, voy imaginándome al vagabundo en situaciones *reales,* por ejemplo restregándose la piel con el agua dura, agria y olorosa a acequia de las duchas a la intemperie de la playa, durante la noche, mientras su ropa gotea en algún cordel olvidado de los puestos del paseo, y también en las duchas comunes, semejantes a locutorios o a los vestuarios de gimnasia de mi colegio, de los refugios. Me llama la atención que muchos tengan estudios de secundaria, puesto que yo aún estoy en primaria. De repente, pienso que tal vez compartamos algún tipo de conocimiento común, y a la vez me da horror comprobar que la secundaria, a la que aún no he llegado, no sea un seguro contra nada. Y sobre todo me angustia que tengamos un mismo origen, aunque no es en el vagabundo en quien pienso, sino en un concepto abstracto o sociológico de los mendigos que no sé cómo casar con mi historia. La verdad es que no concluyo nada, y una noche, mientras ceno, pregunto a mi padre por qué existen los vagabundos.

–Quién sabe cómo va a parar uno ahí, hija mía –me responde, con la boca llena de cebolla, apartando con el tenedor las hojas de lechuga para llegar a los sabrosos y picantes aros.

–¿Por qué quieres saber ahora sobre los vagabundos? –me pregunta mi madre.

–No sé –respondo, aunque por un momento tengo ganas de contárselo todo.

–Hay gente que está en la calle porque ha perdido a su familia, y también hay muchos drogadictos –dice mi padre.

–¿Todos han perdido a su familia? –pregunto.

–Cariño, hay gente en la calle por una mezcla de muchas cosas –dice mi madre.

–¿Qué cosas? –pregunto.

–Bueno, no es fácil de explicar.

–También hay gentuza que no quiere hacer nada.

–Tienes mucho interés por los vagabundos. Cuando perdiste el dinero fue por quedarte mirando a un pordiosero. ¿Se puede saber qué te pasa, hija?

Me muerdo los labios y luego digo:

–Nada, es que me dan curiosidad.

10

Una corriente húmeda y fría penetra en la habitación. Llevo dos horas leyendo, y aunque todavía se escucha el ruido de la televisión, en la calle todo ha quedado en silencio. Son las doce y media de la noche. Me pongo en pie y, envuelta en una manta, salgo al balcón y observo el cielo, que tiene un color anaranjado y denso. El ámbar del semáforo parpadea, y cuando cambia a verde espero en vano a que algún coche atraviese la calle. El bar de la esquina está ya cerrado, y en la pizzería una pareja apura una copa de helado mientras el camarero barre. Sólo el chino está como antes, con la puerta cerrada y la luz del interior filtrándose a través de las cortinas rojas. Antes de cerrar el balcón vuelvo a recorrer la calle con la mirada, que a esta hora y sin actividad tiene un atractivo desolado. La frondosa copa de una palmera tamiza el resplandor procedente de la farola, alta y con el cuello como el de un cisne sucio; aun así, es posible distinguir una sombra encogida sobre el mármol del portal de enfrente. Tardo largos minutos en darme cuenta de quién se trata. Cuando cierro el balcón y bajo las persianas, creo que he visto visiones. No me atrevo a mirar de nuevo; me parece que cualquier movimiento puede ser fácilmente interpretable desde el exterior en el caso de que sea cierta mi suposición, y además lo que quiero no es volver a mirar, sino tener la certeza de que me he equivocado.

Se me seca la boca y un escalofrío helado y aterrador me recorre la columna, a pesar de que estoy acostumbrada a que el vagabundo se aposte frente a mi ventana antes de la cena, cuando ya he terminado mis deberes. Sin embargo, no es lo mismo estar ahí unos instantes y largarse, que permanecer sentado frente a mi casa como ante una pantalla de cine. Eso supone una modificación, o un paso más en nuestros acercamientos. Además esta hora es demasiado íntima, y no permite pensar otra cosa. Tengo la intuición de que algo va a cambiar a partir de este momento; de que el vagabundo ha dado un paso decisivo que me arrastra hacia él. Intento recuperar el momento en que los rasgos en semipenumbra han cuajado en una imagen precisa, y me convenzo de que no ha sido más que un juego de luces. De nuevo, me pongo a leer, aunque no puedo concentrarme. ¿Tal vez es una bolsa de basura formando una silueta humana? Subo un poco la persiana y encajo el ojo en una rendija. La franja ridícula sólo me permite mirar en línea recta el edificio de enfrente. Vuelvo a meterme en la cama, crispada y sabiendo que no podré dormir hasta que no lo averigüe. Las sábanas revueltas y la manta echada por encima de cualquier manera, al igual que cuando tengo pesadillas y doy patadas a diestro y siniestro, me provocan una sensación de angustioso desorden. Me incorporo y, con el libro entre las rodillas, me quedo muy quieta esperando alguna señal. Cuando escucho a mis padres salir del salón, apago la lamparita. No quiero que entren a darme un beso de buenas noches. Tengo miedo de ser adivinada, de que me interroguen, y esa idea me llena de congoja. Me pondría a llorar, y no quiero que me vean llorar.

Cuando la casa está a oscuras y en silencio, me pongo en pie y, descalza, abandono mi habitación. El pasillo se me antoja más largo que de costumbre, y mis pisadas de gato emiten tenues crujidos en el viejo parquet. Paso por delante de la habitación de mis padres, que tienen la puerta entreabierta, y estremecida llego al salón y desplazo unos centímetros la cortina. En el exterior, el vagabundo mira por un momento hacia mi casa, aunque por supuesto no me ve.

Los días siguientes me meto poco después de cenar en mi cuarto, y lo veo llegar con la luz apagada. No puedo observarlo bien, pues me sitúo a una prudente distancia del balcón para no caer en el charquito de luz que viene de la calle, y que me haría visible desde el exterior. Además, tengo que estar poniéndome constantemente de puntillas cada vez que él agacha un poco la cabeza, y eso dificulta mucho las cosas. Paso una semana medio loca, entregada a una espera absurda de la noche, sin detrimento de mis acechos en la puerta del garaje, y mis padres llegan a preguntarme si estoy enferma, tan inaudito les resulta que yo abandone mi puesto frente a la tele antes incluso de que empiece cualquier serie. Un día ya no puedo soportarlo más, y en un momento en que él mira hacia la fachada de mi edificio, me deslizo hacia el radio de luz y me exhibo a oscuras frente a los cristales. El vagabundo dirige entonces la mirada hacia mi cuarto, pero no sé si en verdad me ve. Está lo suficientemente quieto como para pensar que contempla en detalle un cuadro con el fin de averiguar algo, y su expresión va poco a poco convirtiéndose en una sonrisa. No siento ningún miedo, y por primera vez en todo este tiempo sé que nos estamos comunicando. Avanzo hasta el balcón y pego mi rostro al cristal. No me importa que todo se empañe con el vaho de mi respiración. Luego me atrevo a salir. Lo hago con mucha tranquilidad; una vez fuera, me apoyo en la barandilla, y a su mirada respondo con una involuntaria y absurda mueca. El vagabundo da unos pasos hacia delante, y yo vuelvo a meterme en el cuarto. Me pongo rápidamente el pijama y me acuesto.

11

–Te han visto en la puerta del garaje las tardes en que tengo guardia en el hospital. La vieja de la mercería dice que te tiras una hora entera allí, sin hacer nada –suelta mi madre–. ¿Es eso cierto?

Me quedo callada. He oído perfectamente cómo la vieja de la mercería entraba arrastrando los pies en el salón y les explicaba que, durante los últimos meses, me había visto apostada en la puerta del garaje o sentada en el portal de al lado, «sola durante más de una hora», y que lo había observado todo bien porque durante ese tiempo había estado con ciática, sin poder trabajar, y la televisión de su casa está junto al balcón. También he oído cómo mi madre le decía a mi padre, después de que la señora de la mercería se fuera, que debía de haber sido durante las tardes que ella tenía guardia, pues cuando no tenía guardia yo llegaba a mi hora. Mi padre le ha contestado que no había que fiarse de una chismosa como la de la mercería, que no tenía otra cosa que hacer que plantarse en nuestra casa a las diez de la noche, molestando a la portera, para venir con una historia inverosímil, pues ¿quién iba a creerse esa imbecilidad de que yo me pasaba horas en la calle sola? «Si quería venir con un cuento, podría haber dicho que la había visto con alguien», ha añadido, y aquí mi madre le ha interrumpido para decirle: «Pues mira lo que pasó con la historia aquella del bolso, ¿no será que se está citando con ese bandido?». «No digas tonterías», le ha contestado mi padre, y su voz denotaba una ligera vacilación, y aunque yo sabía que estaba seguro de que no me citaba con nadie, creo que empezaba a no parecerle tan descabellado que me estuviera paseando a solas. Desde que ocurrió lo de mi mentira y la policía, mis padres no han dejado de mirarme con cierta desconfianza, como si observaran en mí algo potencialmente peligroso que hubiera que domeñar a toda costa. Es por eso por lo que, aparte de haberme castigado, han estado apagando la televisión durante la cena «para hablar». Yo, para compensar la culpabilidad que siento, me he estado aplicando con los deberes, y he llevado a casa unas notas muy buenas, lo que ha tranquilizado a mis padres, pensando que sus sermones nocturnos sobre lo que está bien y mal y su exhaustiva vigilancia han hecho efecto. Mi expresión taciturna y mi encierro en las tareas escolares han sido interpretados como una toma de responsabilidad y madurez, lo cual, sin embargo, no ha desembocado en que me levanten el castigo y me dejen retornar a la normalidad. No sé si es porque el hecho de que me haya convertido en una empollona les produce una satisfacción a la que no quieren renunciar, o porque aún no confían del todo en mí. En cualquier caso, y ante la pregunta de mi madre, como ya dije, me quedo largo rato callada, evidenciando la verdad de las palabras de la vieja de la mercería. Sólo cuando mi madre comienza a menear la cabeza, digo:

–Llevo tres meses castigada y me agobio de estar en casa. Antes podía ir a ver a mis amigos o al kiosco a comprar alguna revista.

–¿Eso quiere decir que estás sola en la calle durante una hora, y además en un sitio en el que no debes?

–Voy allí para que no me vea nadie, porque me habéis castigado –insisto. De repente me siento llena de razón. Antes de que mi madre replique, digo–: ¿Por qué creéis que prohibiéndome salir entre semana estáis haciendo lo mejor para mí?

–Lo que hacemos por ti es mejor porque nosotros tenemos conciencia de las cosas, y tú no. Además el castigo es para que pienses en tu mentira. No se trata de que queramos recluirte.

–Lo que queréis es tenerme todo el día controlada.

–Pues en estas circunstancias, así es. ¿Te parece mal?

–Sí.

–¿Y por qué te parece tan mal? ¿Qué te crees que hacen otros padres? Otros padres ni siquiera explican por qué prohíben a sus hijos hacer ciertas cosas. Tú sabes perfectamente por qué estás castigada.

–¿Y qué?

–¿Cómo? ¿No ves la diferencia?

Mis padres siempre han sentido horror ante la idea de no ser mejores que otros padres. Los otros padres, según los míos, prohíben arbitraria y preventivamente, por el simple hecho de que les da miedo lo que pueda ocurrirles a sus hijos. En cambio, a mí siempre me han prohibido algo como consecuencia de alguna ruindad moral (por las travesuras jamás me han castigado), y con la finalidad de que haga actos de contrición, buscando formar en mí una conciencia, de tal modo que el tiempo de castigo ha de ser un tiempo de reflexión, de la cual se encargan ellos todas las noches, como en efecto llevan haciendo durante estos meses. Por un momento, creo que también ahora van a echarme otro sermón; sin embargo, la disposición de mi madre es bien distinta, y mi madre es siempre más rápida que mi padre, que se está arrellanando en el sofá y se mesa la papada, buscando cómo abordar la cuestión. Antes de que a mi padre le dé tiempo de razonar nada, mi madre dice:

–Te conozco. No vas a desviar el tema con todo esto del castigo y de que si nosotros lo hacemos bien. Tú has estado sola en la calle por algo, porque, si no, habrías quedado con tus amigos. ¿Qué nos estás ocultando?

–Estoy en la calle sola porque me gusta descubrir cosas –digo.

–¿Y qué cosas estás descubriendo?

–Ninguna. Me gusta sólo mirar.

–Cariño, nos estás ocultando algo y tenemos que saber si es peligroso. Eres muy pequeña y no tienes suficiente pericia para que no te lo notemos.

–He conocido a un vagabundo –digo.

–¿Cómo?

–Que he conocido a un vagabundo –repito.

Mis padres se miran.

–Lo sabía –dice mi madre–. ¿Y qué haces con el vagabundo?

–Nada. Sólo nos miramos. Creo que, como está muy solo, yo soy su única amiga.

12

Mis padres jamás se han visto, en lo que a mí respecta, con un problema que les lleve a tomar decisiones que jamás habían imaginado que tendrían que tomar, y eso les produce una extraña parálisis. Mi historia puede interpretarse de una manera tan inocente como perversa, y los veo bascular entre posibilidades extremas, pensar de repente que es una simple historia de niños, y a continuación dudar de mi salud mental, y luego temblar al imaginarse que pueda haber una relación *real* entre el vagabundo y yo. Tampoco saben cómo abordar el asunto conmigo. Aparte de no dejarme ni un momento a solas en la calle (mi madre decide no hacer más guardias en el hospital y llevarme y traerme en coche del colegio), y de decirme que he de tener cuidado con ese desconocido, no se atreven a ir más allá en sus advertencias, mientras que yo permanezco permanentemente allá, aunque sea de una manera imaginaria. Asimismo, ignoran qué hacer con respecto a mi castigo, pues ahora lo que desean por encima de todo es que vuelva a ser una niña normal, es decir, que juegue como siempre por el barrio con mis amigos, sin restricciones horarias. Quieren que retome mi libertad infantil para que no me abandone a una libertad más oscura, fruto de pasar demasiado tiempo a solas, y al mismo tiempo desean preservarme para que no salga como una loca a la calle con la excusa de estar con Chi-Huei y Julia. A tal fin organizan planes fuera del barrio para mis amigos y para mí, y cuando estos planes fracasan, se sientan en una terraza a observar nuestros juegos. Se sienten culpables por el rigor con el que me han aplicado el castigo; el haberme despojado de mi mundo, dicen, me ha hecho desarrollar esta tontería o esta barbaridad, ya que no saben si nombrarlo como tontería o como barbaridad. No quieren detalles sobre la *persona* del vagabundo; una vez que yo pronuncio esas palabras, centran sus esfuerzos en averiguar quién es y qué tipo de relación guardamos, sin mostrar una chispa de curiosidad por lo que haya podido despertar mi interés. Tampoco se les pasa por la cabeza que sea una invención mía, como la del robo del bolso, pues ahora empiezan a comprender por qué les mentí entonces, y me justifican y convierten lo del bolso de Hello Kitty, debido a sus remordimientos por haberlo interpretado mal, en una prueba de lo que me sucede. Además la historia es demasiado loca como para que me la haya inventado, y todo concuerda extrañamente.

Por supuesto, la primera reacción de mis padres es denunciar, pero, puesto que yo oculto lo que podría ser la prueba más evidente de un singular acoso, la de que el vagabundo se aposta frente a mi balcón por las noches, cuando acuden a la comisaría la policía los manda a casa diciéndoles que lo que hay entre el vagabundo y yo no es ningún delito. Que me haya estado topando con él en la parada del autobús por las mañanas, que a las seis y media de la tarde haya estado bebiendo vino con gaseosa en el bar ante el que yo tenía que pasar (y les he señalado otro bar, porque no quiero que sepan de quién se trata), y que yo haya permanecido sin hacer nada en la puerta de un garaje para ver si lograba averiguar algo y, en cualquier caso, mirarlo desde lejos, no es en verdad nada. Además, me he negado rotundamente a decirles quién es, y mis padres, tras la crispación de los primeros días, en los que me llevé dos bofetadas por no hablar, han decidido no ponerse violentos para no perturbarme más.

Cuando voy con ellos por la calle, me asalta el miedo de que el vagabundo nos salga al paso, incluso de que se atreva a hablarnos o a pedirnos dinero, a pesar de que nunca le he visto pedirle dinero a nadie. Espero además que mis padres lo vean, por ejemplo, cruzar el semáforo, y me pregunten si se trata de ese vagabundo. Por el rabillo del ojo observo sus rostros, y procuro adivinar adónde dirigen la mirada. Siempre me sorprende que miren al frente, que no se deslicen hacia ningún punto, y que no estén, a su vez, atentos de hacia dónde miro yo. Me llama también la atención que al encontrarse con un vagabundo cualquiera, como el del súper del chaflán de enfrente del kiosco, que a menudo nos abre la puerta, no sospechen que pueda tratarse de él. Tampoco se manifiestan al toparse, a lo lejos, con algún mendigo tirando de un carrito; incluso cuando recorremos la ciudad en coche, y la cantidad y variedad de indigentes aumenta la posibilidad de que se trate de uno de ellos, permanecen callados. A pesar de que no renuncian a saber de quién se trata, cada vez se muestran más indecisos; creo que tienen miedo de entrar en mi juego, de empezar a encontrase al vagabundo por doquier sin poder hacer nada. Un día me confirman esta sospecha: «Es una tontería que nos empeñemos en saber quién es si no podemos actuar. Vamos a caer todos en un estado morboso, y eso va a ser peor para ti», me dice mi padre. Tampoco quieren llevarme a un psicólogo: para ellos, a las personas con algún problema menor las ha acabado trastornando del todo el acudir a un especialista, y quieren evitar que a mí me pase algo parecido. «Tú no tienes armas para luchar contra los errores de un psicólogo», me dicen, y yo respiro aliviada. Lo que sí hacen, y puesto que me encanta dibujar, es apuntarme a una academia de dibujo, de la que me llevan y me traen con histérico cuidado, y que tiene como finalidad el que me acostumbre a estar en otro ambiente y ponga la cabeza en algo bueno. «Y es que –me dice una noche mi madre–, te conviene conocer lugares distintos y hacer otras cosas. Vamos a irnos a vivir a una urbanización de las afueras, con piscina. ¿Te gustaría?»

13

El vagabundo está en el bar del chaflán de enfrente, sentado en una mesa junto a la ventana, ante su jarra doble llena de vino con gaseosa. Me detengo y pego la cara al cristal; el vagabundo me mira un momento, o eso creo, pues yo finjo observar el interior. Luego entro decidida al bar, que tiene una barra de aluminio, las paredes cubiertas de azulejos rojos y negros, y que parecería un pub si no fuera por la potente luz blanca de los neones y las vitrinas refrigeradas exhibiendo ensaladilla, mejillones, caballa en aceite y carne con tomate. Siempre que acompaño a mis padres a algún bar a tomarse una cerveza pido una bolsa de patatas, y esta vez hago lo mismo, y lo que cuesta la bolsa es la totalidad del dinero que llevo en el bolsillo: mi paga de euro diario, que suelo ahorrar para las chucherías del fin de semana. Abro la bolsa y el dueño me pregunta:

–¿Vas a tomártelas aquí?

–Sí –digo, y la voz me sale en carraspera.

–¿Quieres sentarte?

Me encojo de hombros y me vuelvo hacia la ventana; deseo que me deje en paz. Al final de la barra se apelotonan un grupo de hombres gordos y sudorosos que, en conjunto, emanan cierta repulsión. Me apoyo en una esquina, frente a la puerta y al lado de los baños, donde creo pasar desapercibida para el dueño; hay un ruido monótono de voces que no es la de los hombres gordos del fondo, ni la de las sesentonas que toman café y anís en una mesa, sino que viene del trajín de la calle e invade el breve espacio del local con un rumor denso, retumbón. Estoy tan nerviosa, y me siento tan claramente extraña y fuera de lugar en este bar con mis patatas, que me cuesta tragar. Todos me miran, o ésa es la impresión que tengo; el dueño, los hombres sudorosos, las señoras mayores que toman café y anís; yo los miro a intervalos mientras trago las patatas y no hago nada de lo que tenía pensado, que era acercarme al vagabundo. Simplemente como todo lo que puedo porque me da vergüenza no hacer hasta el final lo que los otros están viendo de mí, que es comer mis patatas, y que se me quedan pegadas en la garganta. Salgo y, hasta que no doblo la esquina, no cesa la impresión de que todos miran por la ventana comentando qué hace una niña en un bar apartándose con torpeza su mechón de pelo, y eso me hace caminar con una absurda pretensión de normalidad que lo destroza todo. Corro hasta la academia donde doy mis clases de dibujo, de la que me he escapado, y que está a diez minutos. Cuando llego, la profesora no me dice nada.

Al día siguiente vuelvo a escaparme de mis clases (en realidad no llego a entrar en el aula, sino que me escondo en el baño hasta que llega la profesora) para ir al bar, donde pido otra bolsa de patatas; el dueño me acerca una silla. «No hace falta que te las comas de pie», me dice, y tomo asiento en el plástico blanco recalentado por lo que debe de ser la madre del dueño, que se ha levantado segundos antes de que yo entrara para desaparecer tras una puerta. No tengo más remedio que permanecer en la silla, y mientras las patatas vuelven a quedárseme atascadas en la garganta, ya sé que tampoco hoy voy a ser capaz de salirme de lo que el dueño y, en general, la gente del local, establece para mí. Me da la impresión de que todos murmuran que en mi casa me mandan a merendar al bar; eso no impide que hoy pueda observar con más detenimiento al vagabundo, hasta darme cuenta de que él, a su vez, me observa a través del reflejo en el cristal. El tercer día me atrevo a sentarme en una mesa contigua a la suya, y al cuarto, temblando, le digo: «Hola», y él responde: «Hola», y sólo cuando ya he acabado con mis patatas y estoy levantándome, él me dice: «¿Cómo te llamas?». Le digo mi nombre y me voy corriendo a mi clase. Al día siguiente tenemos la siguiente conversación:

–Que aproveche –me dice, refiriéndose a mis patatas. Tiene una voz entre ronca y nasal.

–Gracias –le respondo–. ¿Quieres?

El vagabundo me hace un gesto que yo interpreto como que ya tiene bastante con su vino con gaseosa, y luego me pregunta:

–¿Cuántos años tienes?

Le digo mi edad y me responde que pensaba que eran más. No estoy muy segura de qué peso tiene en nuestra incipiente conversación el que llevemos meses espiándonos. Tiene una sonrisa rara y huele mal, y su mirada me inquieta, si bien de repente sé que no va a hacerme nada, y que nunca me haría nada a no ser que yo diera un paso inequívoco. Al mismo tiempo, eso también me da miedo: intuyo que está tan solo que es capaz de aferrarse de una manera desesperada e insólita a cualquier oportunidad, y yo no sé qué oportunidad represento para él. Nos movemos con suma precaución para no dar a entender nada y para no acabar dañados, sobre todo el vagabundo.

–¿Cuántos años tienes tú? –pregunto.

–Veinticinco –responde. Saberlo me deja indiferente.

–¿Y por qué estás en la calle? –le digo, sin poderme contener.

–No estoy en la calle. Tengo un lugar. Una antigua portería.

–¿Es tuya?

–No. Pago un alquiler.

–¿Y de dónde sacas el dinero?

–Quedé inválido de un brazo. Ahora me pagan una pensión muy pequeña.

–¿Y con eso te llega?

–No. Me dan un dinero por llevar trastos a una chatarrería. Y hago instrumentos musicales con objetos que encuentro en la calle, y a veces los vendo.

–¿Y tu familia?

–No me hablo con ellos.

–¿Y de dónde eres?

–De un pueblo pequeño del sur de Francia.

Su acento suena poco natural, aunque no como el de los franceses que vienen en verano a la playa. Más que extranjero, parece tener algún tipo de problema en la garganta. Su nombre, me dice ahora, es Jonathan.

–No parece francés –le digo.

–Me lo puso mi abuela.

–¿Y tu abuela está viva?

–No lo sé.

–¿Nunca llamas a tu familia?

–No.

–Pues a lo mejor pueden ayudarte.

–No.

–A lo mejor pueden prestarte dinero y consigues un trabajo.

–¿Y por qué crees que necesito un trabajo?

–Para no estar por ahí.

–A lo mejor tampoco aguanto estar en otro sitio.

–Pero ¿te gusta ser un vagabundo?

–No soy un vagabundo. Ya te he dicho que tengo un sitio para dormir, y que me gano la vida.

–Pues estás tan delgado que es como si no comieras.

–Sólo como una vez al día.

De repente entiendo la codicia con la que mira mis patatas.

–Toma –le digo.

–Gracias.

Al día siguiente, con el dueño del bar mirándome entre curioso y admonitorio, me voy directamente a la mesa de al lado del vagabundo, quien ya me está esperando, y que me dice:

–Ya no vienes del colegio en el autobús.

Yo le respondo:

–Ahora me recoge mi madre.

Abro la bolsa de patatas, cojo un par y luego la pongo sobre su mesa. El vagabundo come y yo le digo:

–¿Cómo te estropeaste el brazo?

–Trabajando.

–¿En qué trabajabas?

–En una fábrica. Se me cayó una plancha encima.

–¿Y a qué edad te fuiste de tu casa?

–A los diecisiete años.

–¿Y no te detuvo la policía?

–Me alojaron unos turcos en su casa. Tenían un kebab y hasta los dieciocho años serví pitas.

–¿Y luego?

–Luego me fui a L.

–¿Y después se te cayó la plancha?

–A los dos años se me cayó la plancha.

–¿Y no avisaste a tu familia?

–No, ya te he dicho que desde que me fui de mi casa no sé nada de ellos.

El vagabundo dice esto molesto, y se calla durante unos minutos. Yo no sé qué hacer con ese silencio y miro al dueño del bar, que parece un detective privado, pues todo el rato pasa al lado de nuestra mesa con cualquier excusa, como la de espantar moscas con la bayeta. No puede escuchar nada sospechoso, porque el vagabundo me ha empezado a hablar de cuando se le cayó la plancha encima. La plancha le partió el hueso en dos y le aplastó por completo la muñeca. Me enseña la muñeca, que tiene una forma ligeramente ovalada.

–No puedo mover la mano ni doblar el codo, ¿ves? Se me ha quedado toda esta parte rígida –añade, señalando todo el brazo.

–¿Y ahora no puedes hacer nada y por eso eres casi un vagabundo?

–Puedo hacer muchas cosas, pero no quiero.

–¿Y por qué no?

–Porque intento llevar una vida distinta.

–No entiendo –digo.

–¿Tú no haces cosas que te gustan?

–Sí.

–¿Y también haces cosas que no te gustan?

–Sí.

–¿Y por qué las haces?

–No sé. Porque me obligan y no quiero que me riñan.

Digo esto dudando, pues de repente no sé exactamente qué cosas me gustan y cuáles no, o más exactamente, a veces una misma cosa me gusta y al rato me deja de gustar.

–Además –dice–, yo no soy un vagabundo.

–¿Y qué eres?

–¿Tú sabes quién eres?

–Sí.

–Eres muy pequeña para entenderme.

–¿Y eres feliz así?

–¿Por qué todo el tiempo me preguntas como si fuera lo que tú crees que soy?

–No sé –digo, confusa. Me quedo unos minutos callada. Luego le pregunto:

–¿Dónde está tu portería?

–Está en la calle B.

–¿Y se puede vivir en una portería?

–Sí.

El vagabundo vuelve a mirarme enfadado y yo no acabo de entender por qué le molestan tanto mis preguntas, si bien yo misma no quedo del todo satisfecha con ellas, porque no me sale exactamente lo que quiero preguntar. Esto que quiero preguntar viene de su aspecto, o del contraste entre su aspecto y la corrección con la que habla, y mientras que él se molesta porque le doy vueltas a lo mismo, como si no supiera ver más que su condición, yo insisto en ello. Puesto que cada uno quiere decir una cosa distinta de lo que el otro entiende, ocurre que nos entendemos a duras penas. Con todo, no me arredro. Mi curiosidad es enorme, y digo:

–¿Qué sueles comer?

–Cosas frías. No tengo cocina.

–¿Y tienes baño?

–El baño es un agujero en el suelo –me responde, y yo no sé si se refiere a que es como los antiguos váteres, que eran desagües, o como el que tenía mi bisabuelo en la enorme casa familiar: un agujero que daba a un corral de gallinas.

–¿Y dónde compras la comida?

–En el supermercado.

–¿Y te miran mal?

–Sí. Se apartan.

–¿Entonces por qué dices que no eres un vagabundo, si toda la gente piensa que lo eres?

–Ya te he dicho que yo no me defino.

–¿Te gusta el chocolate?

–Las cosas dulces se me indigestan.

–¿Cuál es tu plato favorito?

–La paella. Todos los días tiran de los restaurantes.

–¿Y tomas fruta?

–Estoy enfermo, pero no sé si es por no comer fruta. Robo naranjas de las huertas en invierno.

–¿Desde cuándo estás así?

–¿Cómo es así?

–Casi como un vagabundo.

–¿Qué es lo que quieres saber?

–Pues no sé; por ejemplo, cómo eras antes.

–Antes era igual que ahora.

–Pero tenías una casa normal, y amigos y una familia.

–Sigo teniendo casa y familia, aunque yo estoy en otra disposición.

–¿Y antes qué disposición tenías?

–¿Qué intentas averiguar?

–Pues no sé. Cómo has llegado a ser así.

El vagabundo resopla.

–Te lo estoy diciendo todo el tiempo. No soy lo que piensas.

Los días siguientes la conversación es similar: yo doy vueltas alrededor de por qué está en la calle, y él responde de mala gana, como si le fastidiara o como si hubiera algo más interesante de lo que hablar; algo urgente que se proyecta en el ansia con la que me mira y junta los labios, y de lo que sin embargo nunca habla. Por mi parte, todo lo que logro es parecer una madre y enfadarlo; cada vez que le pregunto: «¿Y qué haces?, ¿y qué vas a hacer?», parece que lo estoy poniendo en duda, o recriminándole todo el tiempo, lo que me deja un mal sabor de boca, ya que, debido a las continuas comparaciones con mi mundo, parece que le estoy dando una lección. Al mismo tiempo, y esto es lo que de alguna manera nos mantiene unidos, en el fondo él parece advertir cuáles son mis intenciones, y su molestia ante mis preguntas es sólo parcial, o pasajera, pues a veces me sorprende respondiendo con un conato de lo que yo busco. Siempre nos mantenemos a este doble nivel, aunque conforme avanzan los días todo toma un cariz más cotidiano.

Me hago responsable de algunas cosas relacionadas con el vagabundo, como la de darle mi bolsa de patatas porque sé que no ha comido. El vagabundo a veces se molesta mucho por ello. «No hablo contigo –me dice–, para que me des la bolsa», aunque siempre la acepta porque está muerto de hambre. Tiene súbitos enfados contra la humanidad entera, o contra cómo vive la gente. También tengo muchas veces la impresión de que no acaba de estar del todo cuerdo, o de que vive en un permanente estado de agitación nerviosa, como si no pudiera aguantar un solo minuto más no sólo su circunstancia, sino todas las salidas posibles de ella. Todo el rato está pendiente de los del bar y de su situación en el bar; entre dientes me murmura que el camarero le mira y que sabe que le molesta que él esté ahí tarde tras tarde; que ya ha escuchado a las señoras que vienen al café y el anís decirse por lo bajini que éste no es sitio para los de su condición; que sabe que hay quienes no entran porque le ven a él por el cristal. Todo esto, en contra de lo que cabría pensar debido a sus continuas afirmaciones sobre la libertad y sobre que él está fuera, le crea un continuo desasosiego, y a mí me da mucha lástima y le digo que qué más le daría coger un trabajo de pocas horas y al menos no tener aspecto de vagabundo y poder tomarse una caña de cuando en cuando, a lo que responde que eso es imposible. Sin embargo, no es todo esto, que me da curiosidad, lo que me mantiene tarde tras tarde junto a él durante veinte minutos, pues más tiempo no puedo sin levantar excesivas sospechas en mi profesora de dibujo. No es esto lo que más me fascina, sino esa otra cosa por la que intento preguntar sin que me entienda y sin que yo misma me entienda.

Para el vagabundo no existen los buenos recuerdos, o ésa es la impresión que da, y los malos parecen condenados a volver a repetirse si él emprende cualquier acción que no sea permanecer en su inercia, de tal forma que todas las soluciones que yo le presento para su situación desesperada son interpretadas por él como una vuelta al pasado: «Eso sería volver al pasado», me dice, o «Eso ya lo he probado y es peor que esto». Me cuenta que después de que se le cayera la plancha encima y decidiera dejar de trabajar para siempre, se mudó a una buhardilla que ni siquiera tenía lavabo, y durante dos años enteros se dedicó a hacer música con objetos que encontraba por la calle, lo que le había permitido idear todo tipo de instrumentos raros. No quería estudiar música porque pretendía hacerla a través de los sonidos y las melodías que fuera capaz de descubrir por sí mismo con esos instrumentos, y mientras se dedicaba a la música había empezado a sufrir enfermedades que ningún médico le sabía diagnosticar bien, y que le hacían permanecer encerrado, porque no podía soportar la luz. El sol le hincha la cara, le marea, hace que le salgan granos y le hunde en la depresión. Me dice que no siempre le pasa eso, pero que por lo general no soporta los veranos, y menos en España, porque le obligan a recluirse. Me cuenta que en la época de la buhardilla se acostumbró a vivir sin nadie; que al principio se trataba de ahorrar lo que pudiera, pero que los precios empezaron a subir y su pensión no. Se dio cuenta de que estaba fuera, y de que no bastaban los sentimientos que le unían a las personas que le importaban, sino que era necesaria una materialidad, una forma de vida común. Empezó entonces a vivir en una soledad total, comiendo una vez al día porque el alquiler era muy caro, y además se reservaba un poco de dinero para ir una vez al mes al cine –el vagabundo adora el cine–, y también para el vino, pues el vino le quita muchas de las molestias que, según él, están causadas por la depresión. Yo le digo que también puede tener que ver con que sólo coma una vez al día, a lo que él me responde que no, que los ayunos son buenos y purifican el cuerpo.

Las palabras que el vagabundo pronuncia, lo que me cuenta, yo lo vivo con una mezcla de encantamiento y estupefacción. Para mí la vida es un *continuum* de momentos que no van más allá; si ya me extraño cuando los mayores hacen balance de su vida, más extrañeza siento ante el vagabundo, cuyo balance viene acompañado por sentimientos que yo no puedo ni imaginarme, como la depresión, y ante los que me brotan preguntas y consejos que pienso que lo solucionan todo, porque no sé lo que significa esa inercia destructiva de la que me habla, y sólo puedo sentirla torpemente a través de intuiciones que desembocan en un sentimiento de miedo.

Conforme pasan los días, y a pesar de que yo no menciono el acecho, se hace evidente que él no trata de ocultar nada. De repente sabe cosas que yo no le he contado, y sólo puede saberlas porque conoce de memoria buena parte de mi jornada, como por ejemplo, y así lo comenta, que soy muy constante con mis tareas escolares. No es que me lo diga de este modo, sino que, cuando estamos hablando de la música que hace con los instrumentos que fabrica, me dice que no es tan constante como yo, que me paso todas las tardes escribiendo aplicadamente en mis cuadernos. Él no es constante de ese modo, dice, sino que puede pasarse una semana entera sin hacer otra cosa que idear sonidos, música, y luego dos meses sin hacer nada. Por eso, añade, no puede tampoco plantearse vivir de la música, pues por un lado no es capaz de ninguna constancia, y por otro su arte perdería sentido si se convirtiera en una profesión.

El vagabundo sabe también de mis largas tardes apostada en la puerta del garaje, aunque no sé si de mis intenciones, es decir, de que es su acecho lo que ha motivado mi comportamiento en los últimos meses. Si bien no parece capaz de hacer algo realmente malo, lo que sí le es propio, o eso creo, es todo tipo de comportamientos extravagantes, fuera de norma, o guiado por la sensación de que todo es aún posible, y que comparte conmigo, puesto que para mí muchas cosas fuera de las normas son aún posibles, por no decir que yo aún no veo claramente cuáles son las normas, sino que siento ligeras repelencias hacia ciertas obligaciones. Nos entendemos en un nivel muy raro, que no es el de las palabras, donde hay ese permanente desfase entre lo que me cuenta y lo que entiendo, y entre lo que yo intento decirle a propósito de lo que me cuenta y lo que realmente le digo, y entre lo que realmente digo y lo que él entiende. El entendimiento ocurre a otro nivel posibilitado por lo que no somos capaces de entender pero intuimos, y que al mismo tiempo está amenazado por lo que sí entendemos de lo que decimos, por la otra cara de la moneda, que es la que nos separa, y por ello es que el vagabundo siempre se molesta cuando yo le presento mis ingenuas alternativas o salidas a su situación, pues a través de ellas demuestro que no acabo de tolerarle. Es verdad que hay algo que no soporto, pero no es lo que el vagabundo cree, sino otra cosa, una especie de olor a muerte que él destila. Ese olor a muerte él jamás lo reconocería en la forma en que yo lo advierto; más bien lo situaría como algo irremediable y a la larga en mí, ya que no ahora, puesto que aún soy una niña.

El vagabundo tiene la piel muy blanca, el pelo negro con algunas canas en las sienes, una barba mal recortada, los labios muy finos y escuchimizados, los ojos almendrados y oscuros, hasta el punto de que resulta imposible distinguir las pupilas; las manos grandes, la espalda ancha y delgada, con una discreta chepa; el tronco y las piernas recios a pesar de la delgadez. Viste casi siempre igual, y no encuentro correspondencia entre lo que él dice de que no es en verdad un vagabundo, porque tiene un lugar para dormir, y su aspecto, que si bien no llega al desaliño extremo, sí evidencia una suciedad palpable que lo cataloga como vagabundo, y me pregunto si en su portería no habrá un grifo, o una ducha, aunque por otra parte el que no llegue al desaliño extremo es señal de que hay una voluntad en él de cuidarse, por ejemplo al recortarse la barba o al lavarse de vez en cuando, pues a veces aparece con el pelo limpio y la ropa sin manchas. Con una periodicidad de dos semanas el aspecto del vagabundo es casi normal. También me pregunto si él se da cuenta de cuál es su aspecto, si nota que jamás me siento en su mesa para evitar el mal olor, que incluso cuando aparece duchado yo me mantengo a una prudente distancia para no crear precedentes. No sé si no nota todas estas cosas porque acepta con una facilidad pasmosa casi todo lo referente a mí, o es que forma parte de la distancia en la que siempre nos movemos, pues a pesar de hablar de nuestras vidas nos comportamos como si hubiera entre nosotros una fosa llena de cocodrilos.

Tiene un par de camisetas y de pantalones, la eterna gabardina que no se quita jamás, y eso que ya está avanzada la primavera. La gabardina es lo que peor huele, aunque al mismo tiempo, las veces en que no está muy desaliñado, le da cierta elegancia decadente. Un gesto muy característico del vagabundo, en el que suele estar envuelto cuando entro al bar, es el de abrazarse a sí mismo, con las solapas de la gabardina levantadas, como si tuviera frío. Casi siempre lleva puesto un jersey de lana, que luce grandes agujeros y deshilachaduras, y a ratos tirita, y yo me pregunto si tan difícil es comprarse otro jersey, si tan poco dinero tiene que no le llega ni para cambiarse el jersey o para ponerse dos encima, y no se me ocurre que el vagabundo haya ido perdiendo poco a poco la capacidad de tomar ciertas decisiones. Lo siento todo como una suerte de perplejidad borrosa en la que me quedo instalada, y en esa perplejidad hay una aspiración romántica, pues a ratos no veo minusvalía en esas carencias del vagabundo, sino otra cosa: posibilidades insólitas que no puedo calibrar.

El vagabundo me coloniza con sus palabras; a partir de lo que él me dice creo poder señalar lo que antes eran sólo pequeñas molestias, pequeñas cosas de mi mundo que me fastidiaban pero a las que no prestaba demasiada atención, como el tedio de las sobremesas de los sábados y los domingos en mi casa. Antes yo tomaba ese tedio que se desprendía del salón como algo casi natural, como una cualidad inmanente al hecho de que fuera sábado o domingo y mis padres no se hubieran ido de viaje, y de repente el vagabundo dice (y no lo hace refiriéndose a mí, pero yo no soy tonta) que todas las familias se dedican a esa muerte cotidiana de sentarse durante horas frente al televisor a ver lo que les echen. Ahora cobra sentido mi exasperación de esas tardes, mi leve sensación de nada, contra la que siempre me he encerrado en mi cuarto o he bajado a la calle para jugar con mis amigos. Aquí lo esencial es que, desde la aparición del vagabundo, y en parte también porque ahora ya ni siquiera puedo bajar a la calle, no me puedo quitar de la cabeza sus palabras. Aunque me encierre en mi cuarto o mis padres me lleven al cine, sigue zumbándome lo de la muerte cotidiana en el salón, y la rabia no se me va rápido, como antes, sino que la arrastro por todas partes, y la cosa es: ¿es esto bueno o malo? En el colegio me pasa algo similar: el vagabundo dice que a los niños nos obligan a estudiar para convertirnos en monigotes que ya nunca serán capaces más que de querer las cosas que les enseñan, y si yo antes bostezaba ante los ejercicios de matemáticas y los resolvía como podía para no volver a pensar más en ellos, ahora los hago con rabia. Lo peor es que lo que yo concebía como el mundo adulto, que no entendía, y que me parecía aburrido y desesperante porque aún no era una adulta, he empezado a verlo como una especie de destino trágico que me espera a la vuelta de la esquina, aunque por otra parte todo lo que dice el vagabundo sigue siendo demasiado general. Para el vagabundo no existen las excepciones, mientras que yo siento que a veces el mundo adulto es desesperante y otras no. La consecuencia de que las palabras del vagabundo me acompañen es que yo introduzco la duda dondequiera que voy, y no quiero y al mismo tiempo no puedo evitarlo, porque no tengo armas para luchar contra el discurso del vagabundo, que es como un manto que lo cubre todo, o que si no lo cubre todo desde luego me cubre a mí.

Un ejemplo de esto que digo de que el vagabundo me coloniza con sus palabras es cuando empieza diciendo que a él no le gustaría casarse. Yo le pregunto por qué, y él me dice que la vida de cualquier matrimonio es aburrida, y que la pareja termina odiándose discretamente, y entonces yo pienso en mis padres. Todo esto no lo dice con ninguna intención de hacerme daño, pues lo último que quiere el vagabundo es dañarme, sino que forma parte de una especie de monólogo que parece repetirse a sí mismo sin cesar. Un día me suelta que la muerte no es más que un concepto, como el futuro, y que en verdad no sabemos nada porque la muerte y el futuro no son más que ideas inventadas, y que sin embargo toda nuestra civilización se ha organizado en torno a esas dos ideas para esclavizar a las personas. «Pues mi bisabuelo se murió el año pasado», digo, y él me responde: «La muerte es una manera interesada de nombrar lo que no sabes. ¿Qué es morirse?». «Quedarse tieso y no respirar», digo. «¿Y?» «Pues que desapareces.» «¿Y?» «Pues eso es morirse», digo, un poco violenta, pues cuando el vagabundo insiste en estas ideas me parece un loco.

Ahora todos mis pequeños actos cotidianos tienen un pensamiento en contra, que funciona igual que una piedra en el zapato; así, cuando me ducho y me cepillo los dientes, está la diatriba del vagabundo contra el exceso de higiene, pues ese exceso es sintomático de cómo la industria de los jabones y de la pasta de dientes se ha apropiado de mi cuerpo, haciéndome creer que soy sucia y que huelo mal a todas horas. Cuando voy al médico el vagabundo me dice que las enfermedades se las inventan los médicos, porque nada existe hasta que no se nombra, y que los pronósticos funcionan igual que los males de ojo, pues perdemos el poder de nuestro cuerpo, que pasa a obedecer al pronóstico de los médicos (lo que explica, según el vagabundo, que cuando a alguien le dan seis meses de vida se muera en seis meses). Cuando digo que de mayor quiero dedicarme a proteger a los animales, escucho al vagabundo decir que eso es peor que no hacer nada, pues significa poner parches al mal en lugar de dejar que todo estalle.

Después de nuestras conversaciones me sumo durante muchas horas en el desconcierto, y soy incapaz de pensar en nada con un poco de claridad. Lo único que hago es instalarme en un estado en el que me siento muy cerca del vagabundo, como si me hubiese perdido a mí misma, y mis ropas olieran ahora mal, y en mi cabeza se desplegara ese estado de confusión que parece emanar de él, sólo que él parece dominar ese estado y yo no. Al mismo tiempo que me descubre otros territorios, el vagabundo hunde lo que yo creo, y durante todo el día espero el rato de conversación en el bar, para llenarme o para ir a buscar lo que me parece que se me ha perdido. Esto me crea un sentimiento de dependencia brutal con él, y no hay ninguna clase de *feedback* entre ambos que equilibre la situación. El vagabundo habla y habla, y yo me voy quedando callada. En parte sigo fascinada por lo que creo que descubro, pero esa fascinación es cada vez más enfermiza.

No es que el vagabundo no tenga interés por mi vida. De hecho, la tiene, y mucho; cada dos por tres me pregunta, y sus consideraciones son delicadas. Yo le cuento que voy a un colegio que está en T., que es muy grande y con muchos patios, y que cada patio está ocupado por alumnos de diferentes cursos a pesar de que no hay ninguna norma que así lo ordene; que mi zona preferida es una pinada con arbustos en medio a los que les dicen La Calavera, y donde pasamos el recreo mi amiga Cristina y yo envueltas en un denso olor a polen, porque los arbustos están llenos de unas florecitas blancas muy pequeñas, a las que acuden todo tipo de insectos; le cuento que tengo dos profesoras diferentes que en verdad son las tutoras de las dos clases que hay en mi curso, y que se turnan; le cuento que mis amigos del colegio son distintos de los del barrio, y que en el barrio me siento más mayor porque podemos ir a muchos sitios solos, y porque además en el barrio juego con chicos, mientras que en mi colegio, a pesar de ser mixto, los chicos sólo juegan al fútbol. Le cuento que me gusta mucho leer y que mis libros favoritos son los de la colección Barco de Vapor, que también me gusta dibujar, sobre todo delante de la tele, de donde saco una especie de instantáneas, y que luego estas instantáneas se las enseño a mis padres y las guardo en una carpeta que está ya a rebosar.

14

En el bar todo el mundo nos mira. Charlamos casi a diario veinte minutos, y el dueño está cada vez más interesado en saber qué significa eso de que una niña vaya a su local y se siente a hablar con un desarrapado. Desde luego, debe de saberse de memoria el monólogo incesante del vagabundo, donde no hay contenido sexual alguno, aunque con tantas consideraciones sobre cómo deben y no deben ser las cosas, fácilmente puede haber pensado que se trata del gurú de alguna secta, y que intenta captarme a través de alguna profecía sobre el fin del mundo. Las señoras del café y el anís también están en guardia, y me dicen: «Bonita, ¿no quieres sentarte aquí con nosotras?», y a veces se interponen en mi camino hacia la mesa del vagabundo y me plantan delante su platito con pastas, pero yo siempre digo que no, y cuando me preguntan mi nombre y dónde vivo, me niego a contestar. Más de una vez, al llegar, las he visto hablar seriamente con el vagabundo, y aunque él no me ha dicho nada, percibo una suerte de pacto, a tenor del silencio que rodea nuestras conversaciones; un pacto que debe de ser algo así como: «Si te escuchamos camelártela o intentas llevártela fuera, te denunciamos», lo que me permite explicarme por qué razón el vagabundo no termina de abandonar el bar a pesar de que cada día la hostilidad de los parroquianos es mayor, y de que yo le sugiero que podríamos charlar en algún portal. Para no tener que observar la cara con la que nos miran las viejas del café y el anís y el dueño del bar, hablamos sin voltear la cabeza y mirando siempre hacia el exterior, y yo no sé hasta qué punto nuestro comedimiento sobre asuntos más personales no está también determinado por la vigilancia de los del bar. Un silencio tenso y expectante parece empujar nuestras nucas y nuestras espaldas y pegarnos contra el cristal, pues cada día estamos más cerca de la calle; una tarde, al salir, el dueño me para en mitad de la acera, delante de las mismísimas narices del vagabundo, y señalándolo me dice:

–Niña, es peligroso que trates con ése.

–Es mi amigo –digo.

–Tú no tienes edad para saber quiénes son tus amigos. El día menos pensado va a pasarte algo.

El dueño del bar me tiene agarrada de la muñeca, y por un momento tengo la impresión de que va a arrastrarme a algún sitio. Llego a mis clases de dibujo con una sensación de suciedad que ya no sé de dónde viene, si de mi trato con el vagabundo o de que se me quedan incrustadas las palabras del dueño del bar. La tarde siguiente le cuento esta conversación al vagabundo, y conforme se la cuento me da vértigo, pues nuestras conversaciones, a pesar de que hablamos sólo de nuestras cosas, son siempre muy generales, y en realidad no llega a haber nunca un tú y yo, sino un su universo y mi universo. El vagabundo también parece sofocarse por haber hecho yo referencia de manera tan directa a nuestra circunstancia. Ese día se come sus patatas corriendo, sin apenas mirarme y sin repetir de nuevo su incesante monólogo, y yo llego a mis clases diez minutos antes porque me ha dado vergüenza permanecer junto a él sin que coma patatas, ya que todo en nuestra relación está pautado por una serie de ritos sin los cuales es imposible que nos digamos nada. Normalmente el vagabundo come con voracidad las tres cuartas partes del paquete de patatas, y luego se reserva unas pocas para que nuestra conversación se alargue.

15

Las sucesivas conversaciones con el vagabundo me hacen llegar tarde a las clases de dibujo. Aunque la profesora al principio no se extraña demasiado, pues en mi curso hay gente mayor que también llega tarde (además, la clase dura dos horas, y me da tiempo de sobra a acabar mis composiciones), un día me ve bajar del coche de mi madre, y a partir de ese momento empieza a observarme con suspicacia. En mi casa, mis padres tienen que hacer un esfuerzo para hablar conmigo como si no pasara nada, y yo les contesto con una insolencia desconocida, pues me hartan las terribles suposiciones que pesan sobre mí. Por otra parte, no puedo tolerar la enorme distancia que hay ahora entre mis padres y yo, y es por ello que ya barrunto el presentarles al vagabundo para poner fin a tanta suposición dramática.

Sin embargo, no hace falta que se lo presente; una tarde, nada más haberme sentado en la mesa contigua a la del vagabundo, veo a mis padres venir hacia el bar, y por las caras que traen sé que mi padre no ha abandonado su despacho en la agencia de viajes para tomar un Martini y unas almendras con mi madre precisamente aquí, donde nunca entran porque dicen que está sucio. Caminan con todo el peso del deber, sin despegar la vista del suelo, y supongo que saben que les miro y que estoy aterrorizada.

–Vienen mis padres –le digo al vagabundo, y en ese momento me giro y veo al dueño del bar y a las viejas frotándose las manos y con risas incontenibles.

El vagabundo hace amago de irse, aunque luego vuelve a sentarse. Está muy agitado. Bebe todo su vino con gaseosa, y con un gesto me impide que abra la bolsa de patatas y me suplica «Otra de éstas», señalando su jarra vacía. Le digo al dueño del bar que me cambie la bolsa de patatas por otro vino con gaseosa.

–No puedo soportar las confrontaciones –me dice el vagabundo, y a mí me da tanta lástima que estoy a punto de decirle que eche a correr, pero es imposible: mis padres están ya franqueando el umbral.

–Buenas tardes –le dice mi padre al vagabundo. A mí ni me mira.

–Hola –responde el vagabundo.

–Supongo que sabe quiénes somos y por qué estamos aquí –continúa mi padre, dándole la mano.

El vagabundo alarga el brazo tímidamente, y acaban dándose una ridícula palmada.

–¿Podemos sentarnos?

–Por favor.

Mis padres agarran un par de sillas y se ponen junto a mí, es decir, en la mesa contigua a la del vagabundo. El dueño del bar está de pie, con su libreta en la mano, y vacila. Mis padres también están confusos; no saben si pedir o iniciar la peliaguda conversación. Finalmente, mi padre dice:

–Queremos hablar seriamente con usted.

–Me parece bien –contesta el vagabundo.

–No perdamos entonces el tiempo. Hace ya bastantes meses que usted apareció en la vida de nuestra hija, al principio sin que nosotros supiéramos nada, y provocando que empezara a tener comportamientos impropios, y que incluso cometiera una inmoralidad. Hemos hablado con su tutora, y nos han dicho que ha habido un cambio radical durante este curso en ella, que ahora se pelea con sus amigos o los mira por encima del hombro, y que ha perdido interés en las clases a pesar de que sus notas son mejores, porque ha sustituido un sano desinterés ante sus asignaturas por un desdeñoso control, como si los contenidos no tuvieran nada que decirle y además, y para que quede claro que así es, ella se aplicara en dominarlos, actitud ésta que a nosotros nos asusta.

–Eso no es verdad –digo.

–Contigo hablaremos en casa –dice mi madre.

–Quiero que sepa todo esto para que se dé cuenta de lo que está haciendo con ella –continúa mi padre–. También sabemos por los padres de sus amigos del barrio que ha dejado de sentirse identificada con los juegos y las ideas propias de una niña de su edad, y a nosotros nos consta, gracias al señor que regenta este bar, que cierto tipo de pensamiento le está siendo inoculado. Al principio no sabíamos por qué había comenzado a soltar barbaridades, pero por suerte ayer nos llamó su profesora de dibujo para decirnos que se ausentaba de las clases, y esta mañana un vecino nos avisó de que la había visto aquí. Le confieso que mi primera reacción fue la de partirle a usted la cara, y debe agradecerle al dueño de este bar que no lo haga. Este señor nos ha explicado que usted no es peligroso, y que se limita a conversar y a meterle esas ideas raras en la cabeza. Entendemos la curiosidad de ella por lo desconocido, que usted encarna, e incluso nos parece sana; sin embargo, usted no es lo desconocido aunque ella crea que sí; usted es alguien, y no se moleste, muy fácil de conocer: usted simplemente niega, y a ella se le están quedando todos esos noes en la cabeza, y llegará un momento en que no podrá vivir, ¿entiende? Nosotros ya no podemos prohibirle nada, porque en parte pensamos que todo esto ha ocurrido a raíz de haberla castigado. Sin embargo, sí apelamos a usted, que es un adulto, para rogarle que se aleje de nuestra hija. Por favor, deje de hablarle de todas esas cosas y váyase a otro barrio.

Es curioso cómo, a medida que mi padre avanza en su argumentación, su voz vacila, y no por miedo, sino porque es tal la debilidad que desprende el pobre vagabundo que creo que mi padre empieza a no estar seguro de que un ser así haya sido capaz de comerme el coco. El vagabundo está hundido en su silla, y nos mira con ojos asustados y tiritando.

–¿Se siente usted bien? –le pregunta mi madre.

–Mamá, él sólo come una vez al día, y por eso está muy débil –digo.

–Podemos invitarle a algo –dice mi padre–. ¿Un sándwich, quizá? Dicen que aquí los hacen muy buenos.

–No quiero nada –responde el vagabundo–. Si he dañado a la niña, lo siento mucho; no ha sido mi intención –añade.

–No queremos saber por qué circunstancias vive usted en la calle, pero estamos dispuestos a ayudarle –dice mi padre–. Conozco un almacén donde están buscando un mozo. Le podemos dar dinero para que tenga un sitio para dormir y lavarse, y también para que se compre alguna ropa. Así podrá presentarse al puesto. Yo puedo recomendarle. Usted es todavía muy joven y no debe permitir perderse de ese modo. Tiene toda la vida por delante.

–Papá, él no quiere ese tipo de ayuda –digo–. Le estás ofendiendo.

–¿Y qué tipo de ayuda desea usted?

–No quiero nada –dice el vagabundo, y yo me siento como una traidora, porque, aunque no me manifieste, de repente se nota que estoy del lado de mis padres.

Esta actitud mía hace que mis padres se relajen del todo y que el vagabundo se repliegue en sí mismo, como si nosotros fuéramos insectos buscando rematarle con nuestro aguijón. La soledad del vagabundo es ahora bestial; ni siquiera me mira cuando, al irnos, le toco la mano y le digo:

–¿Estás enfadado?

–Ha sido mucho más asqueroso de lo que imaginaba. Hubiese preferido discutir con ellos –me dice.

–Lo siento –respondo.

Me siento fatal. Aunque no me lo diga, sé que todo el tiempo ha esperado que yo, de alguna manera, lo explique; sin embargo, yo no puedo explicar nada, porque lo ignoro todo.

AGRADECIMIENTOS

A Constantino Bértolo, Mercedes Cebrián, Coradino Vega, Manuel Galán, Joaquina Fernández y Marcelo Ugarte.

A la beca de creación del Ayuntamiento de Madrid disfrutada en la Residencia de Estudiantes.

Al jurado del XXV Premio Jaén de Novela: Rodrigo Fresán, Marcos Giralt Torrent, Javier Argüello, Andreu Jaume y Mónica Carmona.

A mi padre.

ÚLTIMOS TÍTULOS PUBLICADOS

Milagro en Haití, Rafael Gumucio
El primer hombre malo, Miranda July
Cocodrilo, David Vann
Todos deberíamos ser feministas, Chimamanda Gnozi Adichie
Los desposeídos, Szilárd Borbély
Comisión de las Lágrimas, António Lobo Antunes
Una sensación extraña, Orhan Pamuk
El Automóvil Club de Egipto, Alaa al-Aswany
El santo, César Aira
Personae, Sergio De La Pava
El buen relato, J. M. Coetzee y Arabella Kurtz
Yo te quise más, Tom Spanbauer
Los afectos, Rodrigo Hasbún
El año del verano que nunca llegó, William Ospina
Soldados de Salamina, Javier Cercas
Nuevo destino, Phil Klay
Cuando te envuelvan las llamas, David Sedaris
Campo de retamas, Rafael Sánchez Ferlosio
Maldita, Chuck Palahniuk
El 6º continente, Daniel Pennac
Génesis, Félix de Azúa
Perfidia, James Ellroy
A propósito de Majorana, Javier Argüello
El hermano alemán, Chico Buarque
Con el cielo a cuestas, Gonzalo Suárez
Distancia de rescate, Samanta Schweblin
Última sesión, Marisha Pessl

Doble Dos, Gonzálo Suárez
F, Daniel Kehlmann
Racimo, Diego Zúñiga
Sueños de trenes, Denis Johnson
El año del pensamiento mágico, Joan Didion
El impostor, Javier Cercas
Las némesis, Philip Roth
Esto es agua, David Foster Wallace
El comité de la noche, Belén Gopegui
El Círculo, Dave Eggers
La madre, Edward St. Aubyn
Lo que a nadie le importa, Sergio del Molino
Latinoamérica criminal, Manuel Galera
La inmensa minoría, Miguel Ángel Ortiz
El genuino sabor, Mercedes Cebrián
Nosotros caminamos en sueños, Patricio Pron
Despertar, Anna Hope
Los Jardines de la Disidencia, Jonathan Lethem
Alabanza, Alberto Olmos
El vientre de la ballena, Javier Cercas
Goat Mountain, David Vann
Americanah, Chimamanda Ngozi Adichie
La parte inventada, Rodrigo Fresán
El camino oscuro, Ma Jian
Pero hermoso, Geoff Dyer
La trabajadora, Elvira Navarro
Constance, Patrick McGrath
La conciencia uncida a la carne, Susan Sontag
Sobre los ríos que van, António Lobo Antunes
Constance, Patrick McGrath
La trabajadora, Elvira Navarro
El camino oscuro, Ma Jian
Pero hermoso, Geoff Dyer
La parte inventada, Rodrigo Fresán
Americanah, Chimamanda Ngozi Adichie
Goat Mountain, David Vann

LLANOS, OL

Hola!

Barba empapada de sangre, Daniel Galera
Hijo de Jesús, Denis Johnson
Contarlo todo, Jeremías Gamboa
El padre, Edward St. Aubyn
Entresuelo, Daniel Gascón
El consejero, Cormac McCarthy
Un holograma para el rey, Dave Eggers
Diario de otoño, Salvador Pániker
Pulphead, John Jeremiah Sullivan
Cevdet Bey e hijos, Orhan Pamuk
El sermón sobre la caída de Roma, Jérôme Ferrari
Divorcio en el aire, Gonzalo Torné
En cuerpo y en lo otro, David Foster Wallace
El jardín del hombre ciego, Nadeem Aslam
La infancia de Jesús, J. M. Coetzee
Los adelantados, Rafael Sender
El cuello de la jirafa, Judith Schalansky
Escenas de una vida de provincias, J. M. Coetzee
Zona, Geoff Dyer
Condenada, Chuck Palahniuk
La serpiente sin ojos, William Ospina
Así es como la pierdes, Junot Díaz
Autobiografía de papel, Félix de Azúa
Todos los ensayos bonsái, Fabián Casas
La verdad de Agamenón, Javier Cercas
La velocidad de la luz, Javier Cercas
Restos humanos, Jordi Soler
El deshielo, A. D. Miller
La hora violeta, Sergio del Molino
Telegraph Avenue, Michael Chabon
Calle de los ladrones, Mathias Énard
Los fantasmas, César Aira
Relatos reunidos, César Aira
Tierra, David Vann
Saliendo de la estación de Atocha, Ben Lerner
Diario de la caída, Michel Laub

Tercer libro de crónicas, António Lobo Antunes
La vida interior de las plantas de interior, Patricio Pron
El alcohol y la nostalgia, Mathias Énard
El cielo árido, Emiliano Monge
Momentos literarios, V. S. Naipaul
Los que sueñan el sueño dorado, Joan Didion
Noches azules, Joan Didion
Las leyes de la frontera, Javier Cercas
Joseph Anton, Salman Rushdie
El País de la Canela, William Ospina
Ursúa, William Ospina
Todos los cuentos, Gabriel García Márquez
Los versos satánicos, Salman Rushdie
Yoga para los que pasan del yoga, Geoff Dyer
Diario de un cuerpo, Daniel Pennac
La guerra perdida, Jordi Soler
Nosotros los animales, Justin Torres
Plegarias nocturnas, Santiago Gamboa
Al desnudo, Chuck Palahniuk
El congreso de literatura, César Aira
Un objeto de belleza, Steve Martin
El último testamento, James Frey
Noche de los enamorados, Félix Romeo
Un buen chico, Javier Gutiérrez
El Sunset Limited, Cormac McCarthy
Aprender a rezar en la era de la técnica, Gonçalo M. Tavares
El imperio de las mentiras, Steve Sem Sandberg
Fresy Cool, Antonio J. Rodríguez
El tiempo material, Giorgio Vasta
¿Qué caballos son aquellos que hacen sombra en el mar?, António Lobo Antunes
El rey pálido, David Foster Wallace
Canción de tumba, Julián Herbert
Parrot y Olivier en América, Peter Carey
La esposa del tigre, Téa Obreht
Ejército enemigo, Alberto Olmos

El novelista ingenuo y el sentimental, Orhan Pamuk
Caribou Island, David Vann
Diles que son cadáveres, Jordi Soler
Salvador Dalí y la más inquietante de las chicas yeyé, Jordi Soler
Deseo de ser egipcio, Alaa al-Aswany
Bruno, jefe de policía, Martin Walker
Pygmy, Chuck Palahniuk
Señores niños, Daniel Pennac
Acceso no autorizado, Belén Gopegui
El método, Juli Zeh
El espíritu de mis padres sigue subiendo en la lluvia, Patricio Pron
La máscara de África, V. S. Naipaul
Habladles de batallas, de reyes y elefantes, Mathias Énard
Mantra, Rodrigo Fresán
Esperanto, Rodrigo Fresán
Asesino cósmico, Robert Juan-Cantavella
A Siberia, Per Petterson
Renacida, Susan Sontag
Norte, Edmundo Paz Soldán
Toro, Joseph Smith
Némesis, Philip Roth
Hotel DF, Guillermo Fadanelli
Cuentos rusos, Francesc Serés
A la caza de la mujer, James Ellroy
La nueva taxidermia, Mercedes Cebrián
Chronic City, Jonathan Lethem
Guerrilleros, V. S. Naipaul
Hilos de sangre, Gonzalo Torné
Harún y el Mar de las Historias, Salman Rushdie
Luka y el Fuego de la Vida, Salman Rushdie
Yo no vengo a decir un discurso, Gabriel García Márquez
El error, César Aira
Inocente, Scott Turow
El archipiélago del insomnio, António Lobo Antunes
Un historia conmovedora, asombrosa y genial, Dave Eggers
Zeitoun, Dave Eggers

Menos que cero, Bret Easton Ellis
Suites imperiales, Bret Easton Ellis
Los buscadores de placer, Tishani Doshi
El barco, Nam Le
Cazadores, Marcelo Lillo
Algo alrededor de tu cuello, Chimamanda Ngozi Adichie
El eco de la memoria, Richard Powers
Autobiografía sin vida, Félix de Azúa
El Consejo de Palacio, Stephen Carter
La costa ciega, Carlos María Domínguez
Calle Katalin, Magda Szabó
Amor en Venecia, muerte en Benarés, Geoff Dyer
Corona de flores, Javier Calvo
Verano, J. M. Coetzee
Lausana, Antonio Soler
Snuff, Chuck Palahniuk
El club de la lucha, Chuck Palahniuk
La humillación, Philip Roth
La vida fácil, Richard Price
Los acasos, Javier Pascual
Antecedentes, Julián Rodríguez
La brújula de Noé, Anne Tyler
Yo maldigo el río del tiempo, Per Petterson
El mundo sin las personas que lo afean y lo arruinan, Patricio Pron
La ciudad feliz, Elvira Navarro
La fiesta del oso, Jordi Soler
Los monstruos, Dave Eggers
El fondo del cielo, Rodrigo Fresán
El Museo de la Inocencia, Orhan Pamuk
Nueve lunas, Gabriela Wiener
El libro de la venganza, Benjamin Taylor
Una mañana radiante, James Frey
Un asunto sensible, Miguel Barroso
Ciudades de la llanura, Cormac McCarthy
La deuda, Rafael Gumucio
La oreja de Murdock, Castle Freeman Jr.

Anatomía de un instante, Javier Cercas
Jerusalén, Gonçalo M. Tavares
Intente usar otras palabras, Germán Sierra
Manituana, Wu Ming
Un recodo en el río, V. S. Naipaul
Mecanismos internos, J. M. Coetzee
Tierras de poniente, J. M. Coetzee
Ministerio de Casos Especiales, Nathan Englander
Una isla sin mar, César Silva
Indignación, Philip Roth
Mi nombre es Legión, António Lobo Antunes
Hijos de la medianoche, Salman Rushdie
La encantadora de Florencia, Salman Rushdie
Inquietud, Julia Leigh
Mate Jaque, Javier Pastor
El lobo, Joseph Smith
Caballeros, Klas Östergren
Trauma, Patrick McGrath
El comienzo de la primavera, Patricio Pron
Otros colores, Orhan Pamuk
Árbol de Humo, Denis Johnson
Lecturas de mí mismo, Philip Roth
Nuestra pandilla, Philip Roth
La novela luminosa, Mario Levrero
Pekín en coma, Ma Jian
La familia de mi padre, Lolita Bosch
Quédate a mi lado, Andrew O'Hagan
El Dorado, Robert Juan-Cantavella
La balada de Iza, Magda Szabó
Milagros de vida, J. G. Ballard
Mal de escuela, Daniel Pennac
El invitado sorpresa, Gregoire Bouillier
Equivocado sobre Japón, Peter Carey
La maravillosa vida breve de Óscar Wao, Junot Díaz
Todavía no me quieres, Jonathan Lethem
Profundo mar azul, Peter Hobbs

Cultivos, Julián Rodríguez
Qué es el qué, Dave Eggers
Navegación a la vista, Gore Vidal
La excepción, Christian Jungersen
El sindicato de policía yiddish, Michael Chabon
Todos los hermosos caballos, Cormac McCarthy
Making of, Óscar Aibar
Muerte de una asesina, Rupert Thomson
Acerca de los pájaros, António Lobo Antunes
Las aventuras de Barbaverde, César Aira
Sale el espectro, Philip Roth
Juegos sagrados, Vikram Chandra
La maleta de mi padre, Orhan Pamuk
El profesor del deseo, Philip Roth
Conocimiento del infierno, António Lobo Antunes
Meridiano de sangre, Cormac McCarthy
Rant: la vida de un asesino, Chuck Palahniuk
Diario de un mal año, J. M. Coetzee
Hecho en México, Lolita Bosch
Europa Central, William Vollmann
La carretera, Cormac McCarthy
La solución final, Michael Chabon
Medio sol amarillo, Chimamanda Ngozi Adichie
La máquina de Joseph Walser, Gonçalo M. Tavares
Hablemos de langostas, David Foster Wallace
El castillo blanco, Orhan Pamuk
Cuentos de Firozsha Baag, Rohinton Mistry
Ayer no te vi en Babilonia, António Lobo Antunes
Ahora es el momento, Tom Spanbauer
Robo, Peter Carey
Al mismo tiempo, Susan Sontag
Deudas y dolores, Philip Roth
Mundo maravilloso, Javier Calvo
Veronica, Mary Gaitskill
Solsticio de invierno, Peter Hobbs
No es país para viejos, Cormac McCarthy

Elegía, Philip Roth
Un hombre: Klaus Klump, Gonçalo Tavares
Estambul, Orhan Pamuk
La persona que fuimos, Lolita Bosch
Con las peores intenciones, Alessandro Piperno
Ninguna necesidad, Julián Rodríguez
Fado alejandrino, António Lobo Antunes
Ciudad total, Suketu Mehta
Parménides, César Aira
Memorias prematuras, Rafael Gumucio
Páginas coloniales, Rafael Gumucio
Fantasmas, Chuck Palahniuk
Vida y época de Michael K, J. M. Coetzee
Las curas milagrosas del Doctor Aira, César Aira
El pecho, Philip Roth
Lunar Park, Bret Easton Ellis
Incendios, David Means
Extinción, David Foster Wallace
Los ríos perdidos de Londres, Javier Calvo
Shalimar el payaso, Salman Rushdie
Hombre lento, J. M. Coetzee
Vidas de santos, Rodrigo Fresán
Guardianes de la intimidad, Dave Eggers
Un vestido de domingo, David Sedaris
Memoria de elefante, António Lobo Antunes
La conjura contra América, Philip Roth
El coloso de Nueva York, Colson Whitehead
Un episodio en la vida del pintor viajero, César Aira
La Habana en el espejo, Alma Guillermoprieto
Error humano, Chuck Pahniuk
Mi vida de farsante, Peter Carey
Yo he de amar una piedra, António Lobo Antunes
Port Mungo, Patrick McGrath
Jóvenes hombres lobo, Michael Chabon
La puerta, Magda Szabó
Memoria de mis putas tristes, Gabriel García Márquez